Uma Brasileira surpreendente

Uma Brasileira surpreendente

ALDIVAN TORRES

aldivan teixeira torres

Contents

1 Uma Brasileira Surpreendente   1

1

Uma Brasileira surpreendente

Uma Brasileira surpreendente
Aldivan Torres

Autor: Aldivan Torres
©2020- Aldivan Torres
Todos os direitos reservados.

Este livro, incluindo todas as suas partes, é protegido por Copyright e não pode ser reproduzido sem a permissão do autor, revendido ou transferido.

Aldivan Torres, é um escritor consolidado em vários gêneros. Até agora, os títulos foram publicados em dezenas de idiomas. Desde tenra idade, ele sempre foi um amante da arte de escrever, tendo consolidado uma carreira profissional a partir do segundo semestre de 2013. Ele espera, com seus escritos, contribuir para a cultura internacional, despertando o prazer de ler naqueles que não têm o hábito. Sua missão é conquistar o coração de cada um de seus leitores. Além da literatura, suas principais diversões são música, viagens, amigos, família e o prazer da própria vida. "Pela literatura, igualdade, fraternidade, justiça, dignidade e honra do ser humano sempre" é o seu lema.

Dedicatória e agradecimentos

Dedico esse livro a minha família, meus leitores e admiradores do meu trabalho. Dedico também aos grandes artistas brasileiros que são sobreviventes da arte lutando por melhores condições de vida. Então é isso: Valorize e contribua para que a arte nunca morra.

Introdução

O livro traz a história duma artista reconhecida e textos reflexivos que nos fazem crescer como ser humano. São histórias que inspiram nossa caminhada. Uma boa leitura!

Uma Brasileira surpreendente
Dedicatória e agradecimentos
Introdução
Lisboa- Portugal
Dia do batismo
Emigração para o Brasil
O primeiro dia
Contando histórias
Traição
Chegando ao Brasil
Estudos na escola de Freiras do bairro São Jorge
O depoimento duma freira que foi prostituta
Primeiro emprego numa loja de roupas
Primeiro dia de trabalho
Um momento de lazer no Bar
Começo da vida artística
Outra reunião importante no teatro

Começo de sucesso na carreira
O começo da carreira no cinema
Primeiros resultados da carreira no cinema
Festa no teatro
Carreira artística nos Estados Unidos
Percepções da vida
Minha Percepção como Homossexual
Sobre o Perdão
Sobre buscar o amor incondicional
As pessoas vivem de aparências
Minha situação familiar quando minha mãe faleceu
Minha trajetória profissional
Minha percepção sobre relacionamentos
Criamos tantas expectativas nos outros e é isso que nos faz sofrer.
Não existe destino, o que existe é livre-arbítrio
As pessoas estão sozinhas porque escolhem demais
As coisas que realmente importam na vida
Como a vida realmente é
Os valores praticados na vida
Ter uma boa saúde é fundamental
As relações sociais
Morar em casas separadas
A questão do Perdão
Os verdadeiros valores
Saber reconhecer o verdadeiro amor
Pare de se humilhar pelos outros
O feminicídio
O valor dos Estudos
As pessoas não se importam com você
O mundo dá voltas
Não existe dinheiro fácil
Os verdadeiros amigos
Olho por olho e dente por dente.
Precisamos reagir

Amor é um negócio?
Temos que tentar até conseguir
Ser solteiro ou casar?
Nunca fui rico. Gosto de ser pobre. Eu me sinto feliz na minha simplicidade.
Não nasci com o destino de ter um amor
O verdadeiro amor
Faça a diferença
Algumas reflexões
Nos caminhos do aprendizado
Religião wicca
Conceito da wicca
O círculo mágico
História de Estrela Fernandes, bisavó de Beatriz
serra talhada, ano de 1750
Batizado
Os primeiros cinco anos de vida de Estrela Fernandes
Primeiras experiências na escola
Brincadeira com amigas
Brincando no rio
Festa de são João
Oficialização do namoro
Festa de vaquejada
Termino do ensino médio
No apartamento em Recife
Abertura de negocio
Caminhos na faculdade
No parque florestal
A inquisição chega em Pernambuco
O santo que era filho de Farmacêutico
A viagem
Chegada no Seminário
Visita de Nossa Senhora
Uma aula sobre religião

Conversa no seminário
Entrada na congregação passionista
Percorrendo o país como Missionário
Numa aldeia do sul da Itália
Morte do Fundador da congregação
Nomeação para o cargo de Bispo
A invasão de Napoleão Bonaparte
O período de exílio
Despedida da missão

Lisboa- Portugal

9 de fevereiro de 1909

Um vendaval junto com uma grande chuva chega na cidade. Era o entandercer dum dia bem agitado para a família Silveira. Dona Renata Andrade Silveira e Marco André Silveira se dirigiram apressadamente ao hospital pois a primeira citada estava com fortes dores estomacais. Grávida de nove meses, a criança parecia estar com vontade de vir ao mundo.

Era o culminar de nove meses de preparação para a vinda da segunda filha do casal. Durante a gestação, a criança dançava e cantava na barriga da mãe. O que aquela criança estava prevendo? Certamente não era nada comum isso acontecer.

Ali, na sala de parto, estavam todas as expectativas do casal. Eram horas intensas de dor, ansiedade e amor. Eram como a seca em busca de gotículas de chuva de esperança. Eu me explico. A questão financeira junto com alguns problemas de relacionamento vinham afrontando o casal. Aquela menina parecia resolver os problemas e selar a união do casal para sempre.

Um grande berro é ouvido no hospital. Todos se assustam. Marco entra na sala de parto. Em sua visão, vê uma menina bonita e delicada assustada com o novo ambiente. Ele pega a menina no colo, a beija e a abraça. Estava orgulhoso do homem que era. Um homem trabalhador e guerreiro. Promete a si mesmo que se esforçaria para conseguir seus objetivos.

Renata Andrade Silveira

Ela não é linda, meu amor? Ela tem o nariz parecido com o seu.

Marco André Silveira

Concordo. Mas a boca dela é bem parecida com a sua. Ela é a perfeita união entre nossos corpos. É um milagre divino.

Renata Andrade Silveira

Que nome podemos dar a essa criatura?

Marco André Silveira

Ela se chamará Adelaide Silveira.

Renata Andrade Silveira

É um nome maravilhoso. Sinto que grandes coisas acontecerão com ela.

Marco André Silveira

Com certeza. Uma criança que cantava e dançava na barriga da mãe não é comum. Certamente será uma grande artista.

Renata Andrade Silveira

Mesmo que não seja uma artista, será sempre a nossa filha muito amada. Os pais devem sempre amar os filhos, sejam eles o que forem.

Marco André Silveira

Concordo. Amor de pai e mãe deve ser incondicional.

Renata Andrade Silveira

Vamos para casa? Eu já me sinto melhor.

Marco André Silveira

Está bem. O carro está preparado. Eu também tenho meus compromissos a cumprir.

A mãe tem alta e eles finalmente saem do hospital. Agora se iniciava um novo ciclo na vida daquele casal maravilhoso.

Dia do batismo

Três meses depois que a criança nasceu, foi marcado o batismo. Na ocasião, foram convidados todos familiares e amigos. Um a um foram chegando na casa do casal e preenchendo o ambiente de luz, alegria e boas vibrações. Uma das convidadas não desgrudava do garoto. Tratava-se da mestre em magia branca e em espiritismo, Teresa de Oxalá. Ela começou a discursar.

Teresa

Aqui está uma criança que será uma grande artista internacional. Vejo caminhos abertos para essa criatura. Vejo sucesso, alegrias e emoções em sua caminhada. Ela já nasceu cantando e dançando desde o ventre da mãe. Ela já é um prodígio. É um prazer participar desse momento tão importante na vida dela que é o batismo na religião cristã.

Marco André Silveira

Graças a Deus, prima. Eu me sinto feliz com suas palavras. Ela é uma menina esperta e predestinada. Tenho certeza que ela será feliz na sua caminhada. Estarei com ela incentivando e protegendo. A função dum pai é isso.

Renata Andrade Silveira

Eu me alegro com isso. Eu tenho tido bastante trabalho na educação e valores morais dela. Mas sei que será recompensador. Vou me empenhar cada vez mais para ela ter referências e o conforto necessário. Ela será o meu orgulho e meu amor por ela será eterno.

Teresa

Que bom que ela tem vocês como base familiar. Isso é fundamental no desenvolvimento duma criança. Pode contar também com meu apoio. Eu estarei a disposição para o que precisarem. Meu muito obrigado a vocês por permitirem eu participar desse momento tão importante na vida dela.

Marco André Silveira

Não precisa agradecer, prima. Sua presença é muito importante para nós.

O cortejo segue até a igreja. Uma pequena multidão desloca-se nas ruas portuguesas. Uma chuva fina cai o que demonstra ser um bom pressentimento. Entoado por canções alegres, o grupo vai se aproximando do templo. O padre e as testemunhas esperam na entrada da igreja com um buque de rosas vermelhas.

Finalmente adentram no templo e a celebração começa.

Padre

Meu senhor e meu Deus, diante de nós temos um inocente a quem os pais vieram te entregar solenemente. Eu te peço, meu Deus, protege essa criatura em todos seus passos. Coloca teus anjos no caminho dela para que a livre das ciladas do inimigo. Que ela tenha uma boa caminhada na terra. Que os caminhos de sucesso e felicidade estejam sempre presentes. Que ela seja abençoada em todos seus atos.

Todas pessoas que estão no local aplaudem e jogam água benta na criança. Naquele momento, era um misto de felicidade e nervosismo com a completa entrega a Deus. Um símbolo maior de proteção contra todos os perigos. Deus havia de coordenar todos os passos dela na direção do bem.

Emigração para o Brasil

Os quatro integrantes da família Silveira já se encontravam no Porto. O casal e suas duas filhas. Junto com eles, as malas pesadas. O motivo da mudança repentina era a crise econômica na Europa. O destino era o Brasil, um país em desenvolvimento mas considerado por muitos como o país do futuro.

Subiam os degraus em direção ao navio com extrema facilidade. Seus pensamentos velozes e vorazes se concentravam num futuro melhor. A expectativa transcedia todos os seus bons desejos. No final do navio, encontram um quarto desocupado destinado a terceira classe. Seriam aproximadamente vinte dias de viagem atravessando o oceano atlântico. Era uma aventura inimaginável para quem nunca tinha se deslocado de sua cidade.

O primeiro dia

Renata Andrade Silveira ficou cuidando de suas filhas no quarto. O esposo dela foi ajudar os marinheiros na limpeza do navio. Ele não fazia isso por obrigação mas porque gostava de se sentir útil.

Marinheiro

O que te levou a mudar de Portugal? Você me parece estar triste.

Marco André Silveira

Foi a crise financeira que acabou falindo meu salão. O pouco dinheiro que restou vou investir em negócios no Brasil. Eu tenho a obrigação de manter um bom padrão de vida financeiro da minha família.

Marinheiro

Compreendo. Você tem toda minha admiração. Estamos vivendo tempos tenebrosos. Te desejo sucesso e prosperidade no novo país. Você merece.

Marco André Silveira

Obrigado, companheiro. Vou precisar de toda sorte do mundo.

O trabalho da manhã continuou. Era uma manhã tranquila e cheia de bons ares. Nada podia atrapalhar a felicidade deles.

Contando histórias

A tarde chegou. Uma aglomeração de pessoas se concentra no centro do navio. Um homem, chamado Peter Johson, um contador de histórias, começa a falar:

"Jack era um grande pirata dos mares do norte. Era famoso por seus saques, mortes, e busca de tesouros. Ele era simplesmente fascinado por riqueza e poder. Um dos seus motivos de vir ao Rio de Janeiro era o famoso tesouro enterrado próximo ao Mar de Angra dos Reis. Fora enterrado pelo imperador da época uma quantia estimada em um milhão de dólares entre joias e barras de ouro. Não se sabia exatamente o local onde o tesouro estava enterrado. Apenas era suposto que era próximo á costa de Angra dos Reis. Sabendo disso, o mesmo veio com sua equipe em um possante navio de cargas. Eram marinheiros experientes capazes de enfrentar tempestades no mar ou até mesmo inimigos poderosos. Foi assim que eles chegaram. Começaram na busca incessante ao tesouro. Foram cerca de sete dias e sete noites até que um dos marinheiros achou algo. Era um grande caixão de madeira rodeado de pedras preciosas. Sem muitas cerimônias, eles abriram o recipiente. Mas infelizmente tiveram uma grande surpresa. Ao invés de dinheiro, encontram três cobras gigantes cuspindo fogo. Era uma maldição. Os marinheiros foram aniquilados e suas vidas entraram para a história. Por isso, a ganância nunca compensa. Prefira ser pobre do que milionário porque é mais seguro.

Todos riem com a anedota, mas fazia muito sentindo essa lenda. Num mundo coberto de materialismo e interesse, a nobreza de caráter é pouco valorizada. Vivemos um mundo ao contrário do que deveria ser. Precisamos valorizar as boas ações, o caráter, a lealdade, a caridade, a bondade, a generosidade, a tolerância e a igualdade. Precisamos ser justos e não julgar as outras pessoas. Porque todos tem defeitos e qualidades. Precisamos aceitar o outro como ele é. Precisamos abraçar o negro, amá-lo e lhe dar oportunidades de estudo e trabalho. Precisamos acolher o transexual e o gay no seio de nossa família. Precisamos aceitar suas escolhas e encarar isso como algo natural. Precisamos aceitar o pobre e lhe dar condições de crescimento profissional. Precisamos valorizar o papel da mulher, lhe dar iguais condições de trabalho e importância na nossa família. Homem e mulher devem ter direitos iguais. Precisamos aceitar a escolha religiosa do outro e respeitá-lo. Deus está em toda parte e em todas as religiões que praticam dogmas bons. Enfim, precisamos ser nós mesmos para podermos verdadeiramente sermos felizes. Autenticidade é a chave do sucesso.

Continuando a história, todos aplaudem a apresentação do contador de histórias. Ele conta muitas outras histórias para entreter o público. Era um lazer necessário nessa difícil travessia do mar. O mar e seus segredos. Quem é capaz de desafiá-lo? Imponente no planeta, ocupando quase setenta por cento do volume total, é o grande gigante do planeta terra. Causa medo, admiração, ansiedade e encantamento. Quem nunca aproveitou o por de sol da praia e tirou uma foto para guardar uma recordação? Quem nunca paquerou ou conheceu seu grande amor numa festa na praia? Quem nunca fez simpatias na beira-mar no final do ano? As pessoas pedem sucesso amoroso e profissional, dinheiro e tantas outras coisas. Mas esquecem que tudo depende do planejamento e esforço delas. Não é o destino que nos dirige, mas exatamente o contrário. Nós somos senhores do nosso destino através de nossas escolhas. Muitas de nossas decisões são um caminho sem volta. Sabe aquela confiança que se quebra?

É como cristal quebrado. Podemos até perdoar, mas esquecer jamais. Porque somos humanos, falhos e imperfeitos. Não se cobre um perdão que você não pode dar. Se perdoar, faça isso por si mesmo. Para ficar mais livre e poder alcançar novos horizontes. Quando isso acontecer, você estará preparado para um novo ciclo de vida com mais felicidades e outras oportunidades. Não importa sua idade. Virar a chave de sua história é extremamente importante para o crescimento evolutivo da alma. Viva seu processo de pesar, mas não deixe de viver. As lembranças da traição doem e perduram por anos, mas você não pode se entregar. Permita-se uma nova oportunidade de ser feliz. O universo proporciona bilhões de oportunidades para nós todos. Nunca é tarde para ser feliz.

Traição

Marco André Silveira dormiu rápido. Secretamente, sua esposa colocara um sonífero no suco que ele tomara. A filha também dormia. Ela agora estava livre para andar no navio e paquerar aquele homem negro delicioso que conhecera no navio. Ela estava simplesmente apaixonada pelo jeito masculino dele. Não poderia perder a oportunidade de sentir o prazer sexual com ele.

Saindo do quarto do navio, ela pensa como o marido era bom para ela mas ao mesmo era o homem mais frio do mundo sexualmente falando. O relacionamento entre os dois esfriara nos últimos meses devido ao nascimento da filha. Atualmente, seu esposo se ocupava muito no trabalho e não dava a devida atenção para ela. Mas independetemente disso, ela era uma mulher livre. Amava o marido mas precisava de sua liberdade sexual em algumas oportunidades. Acho que isso todos devem compreender.

Ela se aproxima do negro e o aborda delicadamente.
Renata Andrade Silveira
Oi, como você está? Eu me chamo Renata.
Homem negro
Eu me chamo Eduardo. Sou um dos funcionários da limpeza do navio. O que a traz aqui?

Renata Andrade Silveira

Gostaria de te convidar para tomar uma cerveja. Eu acho você uma pessoa muito interessante.

Homem negro

Obrigado, querida. Aceito seu convite. Eu adoro cerveja e mulheres bonitas assim como você.

A dupla encaminhou-se ao restaurante do navio. Alugaram uma mesa, pediram cerveja e peticos. Começaram então a conversar:

Renata Andrade Silveira

Estava te observando desde o primeiro dia que cheguei aqui. Você é um homem que me atrai muito. Sou casada mas sei quando a mercadoria é boa.

Homem negro

Adorei o elogio. Estou esperando a cerveja fazer efeito para começar a aproveitar a noite. Você é a vítima do dia.

Renata Andrade Silveira

Vai ser uma honra. Você é um homem muito atraente.

Depois da troca de elogios, trocam carinhos e muitas outras conversas. A noite avança regada a cervejas. Uma banda de música começa a tocar muitas românticas. O homem negro se excita e carrega a amante para seu quarto. Dentro dele, ele começa as preliminares. Como num sonho, ele dá conta do recado e satisfaz o desejo daquela dama recatada. Uma noite de nupcias encantadora que faz valer a pena a vida.

Terminado o ato, despedem-se e prometem não se ver mais. O desejo sexual foi saciado. Nada mais restava. Isso se chama paixão platônica. A esposa infiel volta para seu recinto rapidamente antes que seu marido acorde e seguiria sua vida sem despertar suspeitas.

Chegando ao Brasil

A viagem de navio tinha terminado. A família fixou morada na cidade do Rio de Janeiro no bairro de copacabana. Alugaram um prédio. No primeiro andar, abriram um salão de beleza e no segundo andar fizeram morada. Este foi o primeiro dia de trabalhos no salão de beleza onde o casal trabalhava.

Renata Andrade Silveira

Como é seu nome, senhor?

Mateus Trindade

Meu nome é Mateus Trindade. Eu vim para fazer barba, cabelo e bigode. Poderia me ajudar?

Renata Andrade Silveira

Claro que sim. Sou uma mestre em rejuvenescimento capilar. Pode deixar comigo.

Mateus Trindade

Muito obrigado. Você tem sotaque. De onde você é?

Renata Andrade Silveira

Sou de Portugal. Sou casada e tenho dois filhos. Sou feliz no casamento e na profissão. Estamos fugindo da recessão européia.

Mateus Trindade

Que terrível! Ainda bem que o Brasil acolheu vocês. Nós somos uma nação próspera. Gostamos dos portugueses. Vocês são bem-vindos.

Renata Andrade Silveira

Eu sou grata por isso. Agora, me conte: O Brasil tem muitos lugares bonitos?

Mateus Trindade

Somos um país gigante por natureza e muito belo. Do Norte ao sul, temos incontáveis pontos turísticos. Temos belas praias, parques, cachoeiras, monumentos históricos, enfim, temos muitas belezas.

Renata Andrade Silveira

Maravilha. E os homens? São fogosos como todos falam?

Mateus Trindade

O brasileiro tem sangue quente. A maioria dos homens tem mais de três mulheres. Nesse quesito, somos insuperáveis.

Renata Andrade Silveira

Estou encantanda com todas as coisas desse país! Acho que vou me divertir muito.

Mateus Trindade

Seu marido não se importa?

Renata Andrade Silveira

Ele finge que não sabe para manter sua moralidade. Mas na realidade é um corno manso.

Mateus Trindade

Casamento bom é assim. Cada um respeitando a individualidade do outro. Quando há muita cobrança, o relacionamento acaba rápido.

Renata Andrade Silveira

Concordo. Terminei meu trabalho. Seu visual ficou ótimo. Está pronto para arrumar uma namorada.

Mateus Trindade

Não é para me gabar, mas sou muito disputado. Fico um mês com cada mulher para não enjoar de ninguém. Isso é uma forma de revitalizar a relação.

Renata Andrade Silveira

Você é muito esperto. É um do meu grupo. A vida é assim. Precisamos aproveitá-la até o último segundo.

Mateus Trindade

Esse é meu segredo para permanecer jovem. Muito obrigado pela sua ajuda. Amei meu visual. Tenho que ir agora. Fica com Deus e muito juízo.

O cliente foi embora e chegaram outros. O dia foi de intenso trabalho. Isso era bom pois iria ajudar financeiramente a família.

Estudos na escola de Freiras do bairro São Jorge

A menina cresceu e se tornou uma jovem linda. Uma grande atriz, que dançava e cantava. Mas a família era extremamente religiosa. Por isso colocaram ela para estudar num colégio de Freiras.

Freira

Bem-vinda, jovem. Somos o Lar católico São Jorge e estamos recebendo você com muita alegria. Qual sua expectativa ao vir aqui?

Adelaide Silveira

Muitas, madre. Tenho extrema admiração pelo cristianismo. Ainda assim, tenho grandes dúvidas. Creio que será de grande valia estudar aqui nesse colégio.

Freira

Além da religião, o que mais gosta na vida?

Adelaide Silveira

Gosto da área artística. Sou atriz, cantora e dançarina. A arte é uma grande aliada para eu enfrentar os problemas diários que não são poucos.

Freira

O que te aflige?

Adelaide Silveira

Os problemas normais que uma pessoa tem. Família, sociedade e trabalho. Sou grata pelo que Deus me deu e vou seguindo o caminho da vida com a maior alegria possível.

Freira

Eu compreendo. Todos nós sofremos nesse vale de lágrimas. São angústias, palpitações, desafios, medos, incompreensões, intolerância e desamor. A vida é um grande desafio e ao mesmo tempo, um grande mistério. Mas apesar de tudo, é muito prazeroso viver. É um dom, é algo que mexe com a gente. Algo que transcede o significado da palavra amor. Viver é estar numa corda bamba, desiquilibrar, cair e levantar. Enfrentar fracassos e vitórias não é fácil. É a pressão muito grande que invade nosso peito. Nesse momento, temos que implodir os chakras, pegar a estrada do aleph e imergir no rio que sempre flui, entregue ao seu destino. É isso o que eu penso: Não precisamos nos preocupar com nada. Deixa esse poderoso Deus te guiar para o caminho certo. Um caminho que é de felicidade, fartura e equilíbrio. Seguir nesse caminho da iluminação é algo extremamente difícil nos dias de hoje. Tudo nos atrapalha: As obrigações, os deveres, as vergonhas, as incoerências, as mentiras, as perseguições, os desalmados, os infiéis, os falsos amigos e, principalmente, as traições. Como é dolorosa a traição. A maldade geralmente vem duma pessoa próxima da gente. A decepção nos faz descrer do amor e da amizades verdadeiras. Mas isso é apenas um ponto de vista. Não é porque você teve uma má experiência, que você possa afirmar que o amor não exista. Ele é raro mas ainda é razão da vida inteira. Um conselho para quem se decepcionou: Não espere muita coisa das outras pessoas. Tente ser feliz consigo mesmo. Quando temos controle sobre nosso amor próprio, as portas se abrem duma forma maravilhosa. Você poderá sentir o amor não apenas num relacionamento amoroso, mas num amor de irmão, amor de sua mãe, amor de seus sobrinhos, num amigo que te escute e, principalmente, na companhia de animais queridos. È extremamente saudável cuidar dum gato, cachorro ou qualquer outro animal. A troca de amor é verdadeira e intensa. Feche os olhos nesse momento. Imagine um espaço tridimensional, onde estejam Deus, um mendigo, um fumante, um bêbado, um negro, um transexual, um gay, uma bruxa, e um político. São forças conflitantes e diversas da vida. As oposições são necessárias para o equilíbrio das energias espirituais do planeta. Se você consegue olhar para essas imagens sem preconceito ou rancor, então você atingiu seu próprio nirvana. Ou seja, você faz parte de menos de um por cento da população. Mas se você sentir raiva, não se lamente. Apenas você deve seguir o caminho com esperanças de melhora.

Adelaide Silveira

Compreendo e concordo. Concluo que meu caminho é de aprendizado e gratidão. Prometo que vou dar o melhor possível nesse caminho, madre. Eu estou pronta para o que der e vier.

Freira

Muito bem, jovem. Estou orgulhosa de sua disposição. Seja bem-vinda.

Adelaide Silveira

Muito obrigada.

As duas se despedem por agora. Cada uma vai cumprir com suas obrigações respectivas. Havia um longo caminho a percorrer.

O depoimento duma freira que foi prostituta

Era uma reunião entre freiras e alunas numa bela tarde de outono. O objetivo era mostrar uma história maravilhosa.

" Perdi meu pai quando tinha doze anos de idade. Ficamos minha mãe e meus três irmãos sozinhos sem nenhuma perspectiva. Era uma perspectiva de miséria, abandono e traição. Simplesmente estávamos chocados pelo fato daquele homem ter sido tão cruel e ingrato conosco. Resolvi me sacrificar pela minha família. Fui com um homem para ser sua escrava sexual em troca dele sustentar minha família. Era apenas o começo duma trágica história. Ele me colocou num prostíbulo onde eu namorava com muitos homens em troca de dinheiro. Ainda assim, meu dono me roubava boa parte desse dinheiro. Conheci as drogas e me tornei uma dependente química. Usar droga era uma forma de eu esquecer as minhas desgraças. O tempo foi passando e eu me tornei numa pessoa infeliz. Num dos poucos passeios que eu fiz no centro de Lisboa, me fez encontrar um homem maduro. Ele puxou conversa e então eu me senti o suficientemente segura para lhe contar minha história. Ele me ofereceu ajuda e eu fugi com ele. Ele me mostrou que se importava comigo. Ele me ensinou coisas boas e me devolveu a fé em Deus. Ficamos 5 anos juntos e tivemos um filho. Eu me tornei uma estudiosa das religiões e resolvi seguir esse caminho. Conversei com meu marido e ele me liberou das minhas obrigações. Entrei no colégio de Freiras e me formei. Atualmente, tenho dez anos de carreira religiosa e tenho colhido muitos frutos".

Freira

Veem garotas? Por mais que sejam grande os obstáculos, se vossa vocação for ser freira, isso realizar-se-á.

Adelaide Silveira

Me perdoe, madre. Eu já me decidi. Estudar aqui foi uma grande oportunidade. Mas eu nasci para ser algo mais. Meu destino é atuar, cantar e dançar. Esse é meu destino desde quando eu nasci.

Freira

Entendo, querida. Foi um grande prazer tê-la conosco. Vá em paz e que o senhor vos acompanhe. Tudo de bom na sua vida.

Adelaide Silveira

Muito obrigada, madre. Te levarei no coração para sempre.

As duas choraram e se abraçaram. Eram anos de cumplicidade que ficariam para trás. Era um sentimento forte de união, amor e companheirismo. Eram como irmãs em cristo.

Primeiro emprego numa loja de roupas

Ao voltar para casa, a menina foi bem recebida pelos pais e irmãos. Apesar da decepção, eles ainda acreditavam no potencial dela. Por isso, agendaram uma conversação.

Renata Andrade Silveira

Eu fico muito triste pelo fato de você não ter se formado freira. Mas por outro lado, fico aliviada por você ter tido uma atitude condizente. Você é meu grande orgulho. Minha admiração por você cresce cada vez mais. Isso me lembra que você é uma moça voluntariosa, firme e decidida.

Adelaide Silveira

Obrigada, mãe. Eu segui minha intuição. Cada pessoa tem esse poder dentro de si. Apesar das adversidades e da grande correnteza contrário, eu ainda sobrevivi. Devemos nos espelhar na Deusa mãe, Maria Imaculada, a face feminina de Deus. Ela é um exemplo que podemos superar todos os problemas. Ainda resta uma experança.

Renata Andrade Silveira

Viva nossa senhora! Que ela ilumine teu caminho. Falando nisso, o que você tem de novidade para nossa filha, Marco André Silveira?

Marco André Silveira

Tenho uma ótima novidade. Arrumei um trabalho para ela numa loja de roupas. Hoje é seu primeiro dia de trabalho, filha. Tenho certeza que você tem uma grande capacidade. Começamos uma nova trajetória com a certeza de ser sucesso.

Adelaide Silveira

Vou amar, pai. É uma ótima oportunidade para eu me sentir útil.

Marco André Silveira

Estão te esperando, filha. Você vai gostar muito. O dono da loja é meu amigo.

Adelaide Silveira

Já estou indo, pai.

A filha foi ao quarto para tomar banho e vestir roupas novas. Meia hora depois, já estava dentro do ônibus a caminho do trabalho. Era mais uma etapa que se iniciava.

Primeiro dia de trabalho

Adelaide chegou no emprego e foi direcionada a sala do chefe. Os dois entram numa reunião particular.

Chefe

Gostaria de conhecer você melhor. Quais são suas principais qualidades?

Adelaide

Sou muito dedicada e competente no trabalho. Também gosto de fazer amizades e ter um bom relacionamento profissional com os colegas.

Chefe

Muito bom. Isso é suficiente para entrar em nossa equipe. Estamos felizes em contar com seu apoio. Seja bem-vinda. De onde você é?

Adelaide

Sou portuguesa de nascimento e brasileira de coração. Meu objetivo no trabalho é ajudar minha família e ter condições de continuar exercitando minha arte. Gosto de cantar, dançar e ser atriz. Eu sou muito elogiada nos trabalhos que faço.

Chefe

Isso é maravilhoso. Sou um admirador pessoal dessas artes. Já gostei de você. Queria saber mais. Podemos sair juntos para comer e beber?

Adelaide

Não sei se deveria. Você é meu chefe.

Chefe

Não se preocupe. Eu sou solteiro e não tenho más intenções. Eu vou te respeitar o tempo todo.

Adelaide

Sendo assim, não vejo problema. Adoraria sair com você depois do trabalho.

Chefe

Combinado, então. Pode confiar. Vai ser ótimo.

Os dois se despedem por um momento. O chefe vai cuidar de atividades administrativas enquanto a cantora vai trabalhar na loja. Todos estavam ansiosos e felizes. Um motivo para estar feliz é viver e ter disposição. São nas pequenas coisas que observamos o poder do criador. Deus se revela para os humanos num abraço, num gesto de afeto, numa caridade, num bom conselho. Enfim, Deus é a coisa mais importante em nossas vidas.

Começa o atendimento na loja.

Cliente

Moça bonita, venha cá. Poderia me mostrar camisas de malha?

Adelaide

Meu nome é Adelaide. Temos muitas camisas disponíveis. Temos camisas em várias cores. Recomendo para um homem as cores azul, preta ou verde.

Cliente

Ótimo. Você realmente tem um bom gosto. É exatamente disso que gosto. Por ser simpática, lhe comprarei cinco camisas.

Adelaide

Sou muito grata. Obrigado pela sua preferência. Volte sempre.

Cliente

Terei um maior prazer em voltar. Será um prazer ver você novamente.

Finalmente, eles se despediram e o trabalho continua. Durante cerca de oito horas, a moça atende gentilmente os clientes com um ótimo desempenho. Ela sabia que agradar o cliente era o segredo do sucesso.

Um momento de lazer no Bar

O chefe e a cantora se encontram num momento de intensa harmonia. Olham um para o outro, observam as estrelas no céu, comem cuscuz com charque e tomam cerveja. Nada podia lhe atrapalhar o momento maravilhoso que passam juntos.

Chefe

Sabia que você fica mais linda ao brilho do luar? Sem mentiras, você parece uma estrela de verdade, moça bonita.

Adelaide

Muito obrigado. Você é um cavalheiro. Toda mulher gosta dum elogio. Eu me sinto muito feliz ao seu lado. Você parece uma pessoa muito simpática.

Chefe

Parece que nos conhecemos há muito tempo, não é? Acho que foi afinidade a primeira vista. Temos os mesmos valores, mesmos gostos e opiniões. Eu acho besteira essa história de que opostos se atraem. Eu acredito no contrários: Os iguais se atraem. Porque se formos muito diferentes, o relacionamento desanda. Eu gostaria de ser seu namorado. Você me aceita?

Adelaide

É tudo muito rápido, mas me sinto confiante. Eu tenho muita sintonia com você. Preciso te dar uma chance. Eu gostaria de te conhecer melhor. Mas precisamos separar o trabalho de nosso envolvimento pessoal. Eu não quero atritos que atrapalhem nossa relação.

Chefe

Compreendo. Eu prometei que saberei separar as duas coisas. Muito obrigado pela sua confiança.

Adelaide

Não precisa agradecer. Agora que somos namorados oficialmente, podemos nos beijar?

Chefe

Eu estava esperando esse momento chegar.

O casal se abraça e se beija longamente. O beijo demorou tanto que quase não terminou. Ficou aquele gosto de quero mais. Eles ainda aproveitaram a noite por um longo tempo. Na madrugada, retornam para casa pois o outro dia seria de trabalho. Estavam muito felizes e satisfeitos. O bem sempre vence o mal.

Começo da vida artística

Adelaide e seu namorado estão em reunião com um radialista num dos bares da capital. O objetivo era tratar de negócios.

Chefe

Esse é Nick Ferreira, grande radialista da Rádio Boa vida. Contei sua trajetória de atriz, cantora e dançarina. Ele ficou interessado no seu talento daquela vez que você se apresentou no teatro.

Adelaide

Que maravilhoso, amor. Qual é a proposta, senhor Ferreira?

Nick Ferreira

Você vai ter seu próprio programa de rádio. Você é uma cantora e atriz talentosíssima. O que acha?

Adelaide

Vou amar. Com certeza, aceito sua proposta.

Nick Ferreira

Que bom. Começa agora uma trajetória artística inigualável.

A noite avança e eles começam a fazer os planos artísticos dela. É um momento de emoção, alegria, diversão e descontração entre eles. No final da noite, despedem-se. Os dias seguintes trariam grandes projetos e surpresas.

Outra reunião importante no teatro

Era um grande espetáculo da obra bíblica. Nossa grande estrela fazia papel de Maria arrancando aplausos da platéia. Sentimentos e situaçõoes se confundiam no momento. A carreira artística ia bem, mas ainda não deslanchara completamente. A nossa estrela vai para o camarim onde se encontra com seu namorado e um diretor de gravadora.

Diretor de gravadora

Eu estou com seu contrato. Você é uma artista maravilhosa, merece o estrelato. Vamos lançar seu album de músicas no mercado?

Chefe

Pense bem, amor. É uma oportunidade única de crescimento de sua carreira.

Adelaide

Que coisa maravilhosa! Eu estou empolgada com essa proposta. Era tudo o que eu sonhava. Obrigada, Deus! Creio que seja merecido pelo meu esforço.

Diretor de gravadora

Isso é só o começo, querida. Você tem bastante potencial e você é muito simpática. O sucesso te espera!

Adelaide

Isso me deixa realmente feliz. Eu aceito! O mundo precisa conhecer meu talento.

Depois de aceitar a proposta, saíram para um jantar. O objetivo era comemorar a conquista profissional. Isso nos leva ao seguinte ditado: O sucesso vem para quem se esforça e se dedica ao objetivo.

Começo de sucesso na carreira

Amanhece. Adelaide é acordada pelo namorado e tem que se levantar da cama. Fazendo um esforço, ela sorri e deixa a curiosidade transparecer.

Adelaide

O que foi, meu amor? Por que me acordou tão cedo?

Chefe

Acabei de ler os jornais e sua foto está estampada na página principal. Você sabia que suas músicas são sucesso? Segundo os críticos, você é a maior cantora do Brasil.

Adelaide

Meu Deus, você está brincando? Eu não esperava por essa repercusão tão rápida. Devo tudo a Deus que me proporcionou os dons. Estou muito feliz.

Chefe

Isso é só o começo. Você é ainda muito jovem. Eu estarei ao seu lado sempre te incentivando, minha grande artista.

Adelaide

Muito obrigada. Agradeço o seu carinho. Eu tenho um sentimento recíproco por você.

Os dois se abraçam e se beijam. Começava aí uma carreira fantástica na área da arte. Isso era apenas o começo. Havia ainda muita coisa a ser conquistada pelos dois.

O começo da carreira no cinema

Eles estavam em mais uma renião de trabalho na sede da empresa audivisual nacional.

Pierre

Eu sou o diretor desta companhia de cinema.Você tem tido um ótimo desempenho como cantora. Então temos uma proposta para fazer parte de nossa equipe. Você vai ser a estrela de nossos filmes.

Chefe

Que coisa boa, não é, amor? Você se tornará uma artista ainda mais famosa.

Adelaide

Eu aceito. Meu sonho sempre foi estrelar no cinema. Eu já vejo os aplausos da platéia nas salas de cinema. Eu me sinto nervosa e ansiosa só em pensar nisso.

Pierre

Muito bem. Precisamos exatamente duma artista assim. Cheia de garra, vontade e disposição. Seja bem-vinda a nossa equipe.

Adelaide

Muito obrigada.

Primeiros resultados da carreira no cinema

Adelaide e seu namorado se encontram abraçados após uma noite de amor. Estavam num momento total de cumplicidade, harmonia e amor.

Chefe

Você sabia, amor, que só se fala em você no Brasil inteiro? Seus musicais nos filmes fazem bastante sucesso. Você é considerada a rainha do cinema.

Adelaide

Você não sabe como isso me faz feliz, meu amor. É um sentimento de paz, recolhimento, satisfação, felicidade e liberdade. É o auge duma carreira construída na base da honestidade.

Chefe

Eu sei disso, minha amada. Eu fico feliz em fazer parte dessa trajetória. Que tal casar comigo?
Adelaide
Vou amar fazer isso. Já estamos praticamente casados não é?
Chefe
Sim. Tenho muita afinidade com você. Por isso logo resolvemos morar juntos.
Adelaide
Pois bem. Mas não quero me casar oficialmente. Vamos fazer uma cerimônia íntima entre nós dois e pronto.
Chefe
Tudo bem. Se você prefere assim, eu concordo. O importante é ver você feliz.
Adelaide
Muito obrigada.
O rapaz se levantou e saiu. Minutos depois, retorna com duas alianças. Em um clima de amor, o casal troca juras de amor e cumplicidade. Era mais uma conquista na história de Adelaide.

Festa no teatro

Foi uma noite de festa onde Adelaide encenou um de seus musicais. A platéia vibrava a cada gesto, atuação e emoção. No final, aplausos retumbantes lhe foram dados pelo povo presente. Já no camarim, ela recebe a visita dum produtor americano.
Chefe
Meu amor, estou aqui com um produtor americano. Ele quer falar com você.
Produtor
Meu nome é Peter. Eu amei sua apresentação. Quero lhe fazer uma proposta. Você gostaria de fazer parte da minha produtora e estrear no cinema americano?
Adelaide

Meu Deus, isso é sério mesmo? Isso é meu sonho desde criança. Nem preciso pensar. Eu aceito ser estrela do cinema americano.

Produto

Muito bem. Então prepare-se que vamos viajar para os Estados Unidos.

Carreira artística nos Estados Unidos

Desde sua estréia, Adelaide demonstrou uma grande capacidade em atuar, cantar e dançar o que fez sua carreira ganhar dimensões fantásticas no exterior. Ela simplesmente salvou o mercado num período de grave recessão.

Ela atuou no teatro, no cinema e em grandes companhias de televisão. Ela era a artista mais respeitada do mercado produzindo um orgulho brasileiro perante outras terras.

Seu sucesso durou mais de uma década até o momento de sua morte. Terminava assim o ciclo duma estrela fantástica que encantara o mundo.

Fim

Percepções da vida

Minha Percepção como Homossexual

Minha identidade sexual sempre fez parte da minha vida. Ao me descobrir homossexual na adolescência, entrei em conflito comigo mesmo. Nasci numa família pobre no interior do Nordeste. Desde cedo, me ensinaram os valores da boa família, inclusive a divisão entre homens e mulheres. Também atuava em mim a questão da religiosidade cristã. Eu me sentia um pecador desejando homens porque a religião condenava. Sempre me vinha um pensamento na minha mente: Se eu quero me salvar e não entrar em conflito com minha família, eu tenho que esquecer a questão da minha orientação sexual e fingir que está tudo bem. Não era nem questão de opção. Era questão de sobrevivência mesmo, pois se meu pai soubesse algo sobre mim, eu estava completamente perdido.

Portanto, meu foco principal dessa primeira fase da minha vida era o profissional. Eu queria completar meus estudos e arranjar um trabalho. Minha situação financeira não era nada boa. A renda total da minha família era um salário mínimo nos padrões brasileiros que hoje equivale a aproximadamente duzentos dólares mensais. O dinheiro dava para comprar os alimentos básicos da cesta básica. Mas não chegava nem perto das nossas necessidades gerais.

Aos quinze anos, eu focava nos estudos e era um ávido leitor. Aprendi com os mestres da literatura brasileira o conceito de livro e de literatura. Enquanto jovens da minha idade namoravam, eu me deliciava nos prazeres da leitura. Era um mundo completamente novo e eu viajava com as histórias. Eu sonhava com mundo mais justo, igualitário e com mais oportunidades para os pobres.

As dificuldades financeiras me impulsionavam a lutar cada vez mais e ser forte. Eu não tinha computador, não tinha livros, não tinha internet ou qualquer tecnologia que me ajudasse. Meu auxílio era uma fundação que disponibilizou uma biblioteca com rico acervo cultural. Eu pegava emprestado os livros e depois devolvia para que os mesmos livros que eu tinha lido ajudassem outros jovens carentes como eu.

Eu ainda conseguia livros usados no lixo. Meus brinquedos eram improvisados. Nunca pude comprar um brinquedo para mim e isso me entristecia. Por isso eu queria terminar os estudos e arranjar um emprego. Eu sabia que os estudos era minha única oportunidade de crescer na vida. Portanto, pais, incentivem seus filhos a estudar. Essa é a verdadeira herança que devemos perpetuar.

A fase dos quinze anos até os vinte e três anos, foi um período de aprendizado e descobrimento. Cada experiência humana que eu adquiria, me fazia refletir. Então reunindo todas estas experiências, percebi que não havia nenhum problema comigo em relação à minha sexualidade. O grande problema estava nos outros. Então foi nessa época que me aceitei verdadeiramente como eu era. Isso representou na minha vida um grande avanço.

A partir daí, começou a busca pelo amor. Foi um período de catorze anos. Essa decisão de me assumir me deu liberdade, mas também gerou muito sofrimento por conta do preconceito dos outros. Em todos os ambientes que eu frequentava e que sabiam da minha orientação sexual, eu era evitado e excluído de qualquer contato. Os homens tinham medo de mim e evitavam como se eu fosse a pior espécie de bandido. Eu não tinha nenhum amigo simplesmente porque me rejeitavam. Esse preconceito às vezes se disfarça, mas existe. Isso provoca dores psicológicas imensas em nosso subconsciente.

O que me fortalecia e que me salvava da depressão, eram meus sonhos. A literatura sempre foi minha atividade que me ajudava a controlar essa tristeza e ansiedade. Por isso eu seguia em frentes mesmo diante de todos os obstáculos. Foram mais de mil rejeições amorosas, milhares de rejeições de editoras e agentes literários, desprezo de colegas de trabalho e escola, descrédito de familiares e abandono das pessoas nos momentos mais difíceis. Mas meu Deus permaneceu me salvando e me apoiando. Eu tinha que resistir e continuar na busca da minha missão maior. Esse dom que o universo me proporcionou desde que nasci.

Sobre o Perdão

Eu tive muitos sofrimentos causados por pessoas próximas nos ambientes que eu frequentava. Foram situações que me prejudicaram bastante meu psicológico. Isso me fez refletir sobre o perdão. Creio que o perdão seja válido para você se sentir melhor e seguir sua vida em frente. Mas não creio que o perdão vai ajudar a pessoa que te maltratou. Eu acho que a vida é sábia e ensina. Com certeza, a lei do retorno vai fazer com que teu adversário sofra e pague todo o sofrimento que você passou. Isso é uma lei universal. O universo nos devolve tudo aquilo que oferecemos. Se plantamos boas sementes, colhemos bons frutos. Mas se plantamos as trevas, vamos colher desgraça. Deus age assim porque ele é também justiça.

Quando alguém nos faz mal, isso nos traz um sentimento de

revolta e incompreensão. É uma ferida que não cicatriza nem somos capazes de esquecer. Creio que o melhor seja se afastar para você tentar melhorar seu psicológico. É preciso retomar a vida, acreditar em novas situações que te trarão a felicidade. Porque o nosso destino é exatamente esse: Ser completamente feliz. Meu conselho sobre isso é que nunca tente consertar as situações. Quando a confiança se quebra, não pode ser mais recuperada. As mágoas vão te perseguir e não vão te deixar em paz. Então a melhor alternativa é buscar novos horizontes, longe de quem te fez mal.

Sobre buscar o amor incondicional

Todos nós buscamos o amor. Todos nós somos provenientes do amor de alguém. Então o amor é o centro de nossas vidas. Vamos falar sobre amor incondicional. Amor incondicional é aquele que nos coloca como prioridade, acima dos outros. Será que existe um amor assim? É raro, mas existe. Simplesmente pelo fato de existir bilhões de oportunidade por aí. Só porque você não encontrou o amor, isso não quer dizer que ele não existe. É verdade que temos muitas decepções durante toda nossa vida. Isso faz com que os nossos sentimentos sejam abalados. Muitas vezes paramos de acreditar no amor. Mas não se desespere.

Nosso primeiro amor deve ser nós mesmos. Se você não é capaz de amar a si mesmo, não está preparado para ter um relacionamento. Relacionamento exige troca e doação. Relacionamento exige saber perdoar e compreensão. Sempre haverá problemas em qualquer relação. Não existe o amor como retratado nos livros. Não procure o impossível senão você vai se decepcionar. Somos todos seres imperfeitos em busca do sentido da vida. Então se alguém te amar e aceitar com suas imperfeições, essa é a pessoa certa.

O amor incondicional vai te escolher entre milhões. Então seja racional. Se alguém te trata como segunda opção, fuja disso. Não devemos nos humilhar para ninguém. Mesmo que o amor nunca aconteça em sua vida, você pode sobreviver e ser bastante feliz.

Existem muitas formas de ser feliz nesse mundo e ter um relacionamento amoroso não significa nada. Existem pessoas infelizes num casamento e pessoas totalmente felizes sendo solteiras. A felicidade está dentro de você. A felicidade é uma sensação interna. Se você procurar a felicidade em outra pessoa, só vai ter decepção. Por isso, seja feliz agora e sempre.

As pessoas vivem de aparências

Atualmente, o mundo é extremamente materialista e desleal. Vivemos uma cultura globalizada onde ter dinheiro é mais importante do que ter valores morais. Também vivemos um mundo de aparências. Quem não tem boa aparência é simplesmente desprezado onde quer que vá.

Um único atendente está trabalhando numa loja de sapatos. Ao mesmo tempo, entram na loja um mendigo e um executivo. Qual dos dois ele vai atender? Eu respondo: Ele vai atender o executivo e vai desprezar o mendigo porque ele vai pensar na gorjeta que o executivo pode pagar. Mesmo que o mendigo tivesse mais dinheiro que o executivo, ele seria desprezado por causa da aparência. É assim que o mundo funciona.

Em questão de relacionamento amoroso, eu digo que a classe social é um fator preponderante. Vocês já ouviram falar em atriz que casa com pedreiro? Num fazendeiro que casa com uma empregada doméstica? Pode até existirem casos, mas isso é uma situação muito rara. O que a maioria das pessoas querem num relacionamento, é alguém que tenha melhores condições financeiras do que ela. Por isso existem tantos casamentos fracassados hoje em dia. Se as pessoas se guiassem por sentimentos, a situação seria completamente outra.

Já no Grupo Homossexual, quem não tem carro do ano, quem não malha, quem é gordo, quem é afeminado e quem é velho são excluídos de qualquer chance de relacionamento. Falamos tanto em igualdade, mas na verdade que em nosso próprio grupo, a discriminação reina. Por isso há tantas pessoas sozinha por aí. Estão pagando o preço de suas próprias escolhas.

Minha situação familiar quando minha mãe faleceu

Meu pai e minha mãe faleceram. Restaram eu e meus irmãos. Sou o único que tem renda porque eu estudei. Todas as despesas financeiras da casa ficaram comigo. Então vemos o quanto é importante os estudos os profissão. É seu passaporte para ser uma pessoa totalmente independente. Sem sua liberdade, você é um ser humano pela metade. Todo ser humano precisa de dignidade e para isso ele precisa trabalhar. Não existe dinheiro fácil. O que existe é trabalho duro em busca de objetivos. Buscar coisas fáceis vai te trazer muita frustração.

Vou auxiliar meus irmãos em sua caminhada na terra. Minha obrigação não existe, mas vou fazer isso porque eles são a única família que eu tenho. Antigamente, eu tinha sonhos fantasiosos. Eu pensava que poderia ajudar o mundo. Mas, ao longo do tempo, percebi que isso era algo distante de mim. Eu tinha que pensar e ajudar minha família. Nisso mim já estava cumprindo minha missão.

Creio que para ajudar o mundo, eu possa usar a literatura. Nós, escritores, temos uma força muito grande que se chama palavra. Com ela, podemos transformar mundos e situações. Dessa maneira, podemos nos transformar nossas crenças universais.

Minha trajetória profissional

Sou nascido em família de agricultores, uma família bastante humilde que sobrevivia na época com um salário mínimo nos padrões brasileiros (aproximadamente duzentos dólares por mês). Confesso que eu tinha apenas o essencial, mas não passei fome. Nosso café da manhã consistia duma mistura de milho apelidada de "quarenta". No almoço, comíamos arroz com feijão e carne de gado. O que não recomendo atualmente pois carne de gado provoca câncer. No jantar, comíamos cuscuz com leite. Vestuário era composto de poucas peças. Não tínhamos dinheiro para viagens ou qualquer tipo de lazer. Eu estudava e trabalhava na roça até que não pude mais. Eu sofria constantes febres o que me impossibilitava de trabalhar. Graças a Deus, meu pai permitiu que eu continuasse apenas com os estudos. Meus irmãos mais velhos não tiveram a oportunidade de estudar porque tiveram que deixar os estudos para trabalhar em grandes plantios de lavoura no estado da Paraíba. A justificativa era que meu pai não podia pagar empregados. Com o dinheiro da colheita, meu pai comprou o terreno em que vivemos até hoje. Ele deixou uma casa e uma pequena chácara.

Por isso que meu primeiro objetivo foi arrumar um trabalho para poder ajudar minha família. Para isso me dediquei muito aos estudos. Eu deixei todas as diversões de lado para focar no meu futuro profissional. Terminou dando certo. Hoje trabalho num órgão público através dos meus estudos. Não foi uma trajetória nada fácil devido às dificuldades financeiras. Mas aos poucos fui crescendo na trajetória profissional.

Tive problemas de relacionamento em todos meus empregos e principalmente no atual emprego. Encontrei pessoas que não simpatizam comigo e que atormentaram minha vida de diversas formas. Eu tive que suportar todas as provocações para poder me manter no emprego visto que a literatura não representa um valor significativo na minha receita mensal. Sou autor independente. Geralmente, os autores independentes não conseguem viver só de literatura.

O pior dos inimigos que encontrei na minha trajetória pessoal foram dois mestres em magia negra. Através de magias poderosas, eles tentaram atentar contra minha vida. Graças a Deus, o senhor me protege através do meu anjo. O maior poder do mundo é Deus e confio nele.

Meu lado amoroso é um desastre. Isso também é fruto dum trabalho de magia negra feita por um inimigo. Já são mais de mil rejeições em minhas tentativas amorosas. Resolvi desistir do amor. Eu sempre procurei o amor incondicional, aquela pessoa que te coloca em primeiro lugar. Mas nunca encontrei isso na minha vida. Atualmente, me arrependo de ter tentado encontrar um amor. Foi um tempo precioso desperdiçado e que trouxe muito sofrimento. Eu devia ter aproveitado meu tempo duma forma mais efetiva. Como não posso consertar o passado, vou mudar o presente. Estou no momento cultuando meu amor próprio.

Minha percepção sobre relacionamentos

Se vocês fossem sozinhos e um cara se interessasse por você por questões financeiras. Vocês aceitaram namorar para não ficar só?

Durante minha trajetória amorosa, recebi diversos convites de homens que queriam ficar comigo por dinheiro. Recusei todos eles por não achar isso certo. Creio que o amor é algo sagrado que deve ser dado a pessoa amada. Preferi ficar sozinho do que mal acompanhado. Porém, conheço várias pessoas que compraram o amor com medo de ficarem sozinhas. Confesso que às vezes tenho esse medo. Mas daí reflito, mesmo que você seja casado ou tenha filhos, você morre verdadeiramente sozinho. Creio que o melhor caminho para mim é me preparar financeiramente para poder pagar pelo menos um empregado.

Criamos tantas expectativas nos outros e é isso que nos faz sofrer.

Na minha adolescência e juventude, eu me mostrei uma pessoa extremamente carente no aspecto afetivo. Eu implorava pelo amor dos outros e era sempre rejeitado. Com a maturidade, aprendi a valorizar meu amor próprio. Eu me sinto melhor agora. Quando criamos grandes expectativas nos outros, nossa tendência é sempre nos decepcionar. Não espere nada de ninguém. Espere apenas em Deus que é nosso verdadeiro amor. O amor humano é falho e provoca muitos sofrimentos.

Não existe destino, o que existe é livre-arbítrio

Canso de ver pessoas se queixando da vida botando culpa em Deus ou no destino. Mas minha visão é diferente. Não existe destino ou coincidência. O que tiver de acontecer será fruto de suas escolhas. Você é seu mestre e seu guia. Planeje seu objetivo e vá atrás dele. Como diz a bíblia, faça sua parte que te ajudarei. É o melhor ditado que se aplica na vida real.

As pessoas estão sozinhas porque escolhem demais

Vou explicar porque a maioria dos relacionamentos não está dando certo. As pessoas da modernidade são muito exigentes. Querem pessoas brancas, ricas, malhadas, bonitas e magras. Quem não faz parte do padrão aceito pela sociedade, é simplesmente excluído. As pessoas querem amores perfeitos.

As coisas que realmente importam na vida

Deus em primeiro lugar. Saúde e família são essenciais. Dinheiro só pra gastar, mas não para guardar.

Deus sempre fui tudo na minha vida. Em todos meus momentos de aflição, ele nunca me abandonou. Em várias situações, já fui abandonado pelas pessoas. Mas Deus sempre esteve presente e não me deixou sucumbir. Por isso ele é a coisa mais importante. Em segundo lugar, a família. São pessoas que te acompanham na sua caminhada na terra. Neste contexto incluo minha mãe, irmãos, sobrinhos, gatos e cachorros. Com relação ao aspecto financeiro, não busque juntar tesouros na terra onde a traça e a ferrugem corroem. Junte tesouros no céu onde será sua grande recompensa. Faça caridade e contribua para um mundo melhor. Ajude sempre que puder. Se o mundo fosse caridoso, não teríamos fome ou sofrimento. O mundo seria mais feliz para os excluídos.

Como a vida realmente é

Nós não temos nada aqui. Pode ser o maior bilionário, quando morrer leva apenas uma muda de roupa para o caixão.

Chega de idolatrar o dinheiro. Chega de idolatrar político ou poderosos. Temos que idolatrar Deus e a vida. Tudo aqui é passageiro.

Nossos verdadeiros bens são nossos valores morais. Deus julga a humanidade pelas suas obras. Se suas obras são boas, sua recompensa será o paraíso. Se sua obra se chama discórdia, você colherá os frutos da escuridão. Você é totalmente livre para fazer suas escolhas e arcar com as consequências.

Os valores praticados na vida

Diz aí pra mim. Porque você não namora um mendigo pobre e fedido?

Vivemos um mundo onde a aparência é muito importante. Vemos os mendigos e os moradores de rua sendo esmagados pela elite preconceituosa. Vemos os homossexuais e transexuais perseguidos pela maioria hétero que acham que sua orientação sexual é superior. Vemos falsos profetas usando passagens da bíblia para perseguir os homossexuais. Mas em verdade eles escondem segredos perversos que são piores do que isso. Para esses eu respondo usando a própria bíblia: Tira a trave de teu olho para poder julgar o próximo. Aquele que não tem pecado que atire a primeira pedra.

Ter uma boa saúde é fundamental

Lição para boa saúde. Não coma carne vermelha, carnes processadas como linguiça ou salsicha, enlatados, frituras, alimentos com conservante, com aditivos ou fermentados.

Minha visão sobre o amor

Eu ainda acredito no amor. Sabe porquê? Por que no mundo existem bilhões de pessoas com pensamentos diferentes. Talvez nem todos encontrem a pessoa certa. Mas isso é questão de oportunidade. Isso não quer dizer que o amor não exista.

As relações sociais

Alguém soube de algum caso de atriz casar com pedreiro? ou empresário casar com diarista? Entre outros exemplos?

Em nossa sociedade, a classe social parece influenciar muito os relacionamentos. Na maioria das vezes, vemos cantores casarem com empresários, fazendeiros com a elite alta e pobres se relacionam com pobres. Parece que existe uma divisão financeira entre as pessoas criando vários mundos separados. O argumento é de que quem é rico não confia em se relacionar com pobre. Isso acaba gerando várias relações sem amor provocando solidão e infelicidade na maioria das pessoas.

Morar em casas separadas

Não quero mais sair de casa por ninguém. Se eu arrumar um amor, é cada um na sua casa. Será que dá certo?

Será que é viável num relacionamento morar em casas separadas? A forma tradicional de relacionamento onde o casal mora junto parece cada vez mais fadada ao fracasso. O desgaste natural do relacionamento provoca atritos e até mesmo separação num casal. Por isso, muitos casais estão optando por morar em casas separadas. Os adeptos dessa escolha dizem que o casamento fica melhor saindo da rotina.

A questão do Perdão

Quando você estiver numa unidade de tratamento intensiva, você vai querer perdoar aqueles que lhe fizeram mal. Por isso, perdoe agora e deixe que o criador julga a todos.

Perdoar se faz necessário para que possamos prosseguir na nossa caminhada na terra. É uma questão de sanidade mental. Isso faz você se sentir melhor. Ainda que você perdoe, você vai lembrar do que aconteceu. Sempre ficará as lembranças. Mas perdoar não é esquecer. Perdoar é encerrar uma situação triste para poder tentar encontrar um caminho de paz e felicidade. Portanto, perdoe, e deixa o criador julgar.

Os verdadeiros valores

Sabia que é melhor ser pobre do que rico? Sabia que é melhor ser anônimo do que famoso? Felicidade é ter liberdade.

Ter muito dinheiro não é vantagem. Muitas vezes, o dinheiro traz maldição, discórdia e morte. Bilionários e milionário vivem uma vida caótica. Trancados em suas mansões, vivem com medo de serem sequestrados ou mortos. Eles não têm liberdade de sair e ir a uma praia, a uma festa e a um supermercado sozinhos. Portanto, eu mesmo prefiro ter liberdade do que dinheiro. Ser anônimo do que famoso, eu prefiro ser simples.

Saber reconhecer o verdadeiro amor

Só acredito em amor verdadeiro se o companheiro te colocar em primeiro lugar. Se ele pensa mais nele, não é amor incondicional.

O egoísmo e materialismo se tornaram valores do homem atual. Muitas pessoas só pensam em si mesmas. Então se seu marido não te coloca como prioridade, me perdoe dizer, mas isso não é amor verdadeiro. Muitas pessoas se casam e ficam juntas por terem afinidades e outras por comodidade. Mas se seu marido sempre coloca festas, amigos e bebedeira em primeiro lugar cabe a você repensar essa relação e se perguntar se não está se iludindo. Nós temos que ser o centro de atenções de nossos amores, um amor incondicional. Eu não aceitaria menos do que isso. Por menos do que isso, eu prefiro ficar sozinho e estou muito bem. Eu tenho meu trabalho, tenho meu lado artístico, tenho um Deus que cuida de mim e tenho minha liberdade. Eu tenho absolutamente tudo o que é necessário para ser feliz. O ser humano precisa de muito pouco para se sentir bem.

Pare de se humilhar pelos outros

Pense numa coisa: Quem está com você nos momentos difíceis? Esse alguém é que merece sua credibilidade.

Muitas pessoas por carência emocional ficam mendigando por amor. Elas insistem em ser notadas e se humilham diversas vezes. Não faça mais isso. Tenha maturidade emocional e se coloque como centro de sua vida. Pare de correr atrás dos outros. Ao invés disso, deixe os outros correrem atrás de você. Quando eu coloco Deus e a mim mesmo como coisas principais na minha vida, todo o resto é supérfluo. Isso se chama amor próprio. Eu posso criar uma forma de viver de modo que eu seja independente. Tenho que criar situações em que eu possa desfrutar da natureza, da comunhão com Deus, meditar sobre a minha vida, ler um livro, ir ao cinema, trabalho e outras coisas que preencham o meu tempo. Quando sua mente está ocupada, suas preocupações vão embora. Você não lembra do boleto vencido, da casa não quitada, da traição do seu marido, enfim, você se torna totalmente autônomo emocionalmente. Dessa forma, você consegue ser feliz por si mesmo. O seu companheiro vai ser um parceiro de momentos em que ambos compartilham coisas boas inclusive o sexo. Mas a felicidade está dentro de você mesmo. Não delegue essa responsabilidade para o outro porque certamente você se frustrará.

O feminicídio

Amiga mulher, muito cuidado com quem se relaciona. A maioria dos homens não aceita o fim do relacionamento. Melhor solteira do que morta.

Muitas mulheres se entregam a um relacionamento muito rápido sem conhecer verdadeiramente o companheiro. Logo se entregam e quando percebem o companheiro é alcoólatra, grosseiro e violento. O maior problema é quando vai tentar separar. Muitos homens inconformados com o final do relacionamento, preferem a mulher morta do que com outro homem. Isso se chama machismo estrutural. Na nossa sociedade, o homem tem um papel dominante em todos os setores. Aos homens tudo é permitido enquanto as mulheres são criticadas se tomam certas atitudes. Todos somos iguais em direitos e deveres conforme a constituição. Mas na regra geral, o homem é privilegiado. Portanto, meu conselho é que antes de entrar num relacionamento sério, investigue primeiro. Ou então não se relacione.

O valor dos Estudos

Amiga mulher, se valorize. Estude e arrume seu trabalho. Seja independente e não dependa de macho nenhum. Quando ele separar de você, você terá como sobreviver.

Eu acredito que a mulher moderna não deve ser submissa ao homem. Ela deve estudar, saber as tarefas de casa e ser uma mulher com personalidade. Ter um companheiro vai ser apenas um acréscimo em sua vida, alguém que venha para somar. Porque os estudos e seu trabalho é sua segurança. A maioria dos relacionamentos conjugais não dura muito tempo. Então é preciso estar preparada para viver sozinha psicologicamente e financeiramente.

As pessoas não se importam com você

Você manda mensagem e a pessoa não responde. Você telefona e ela não atende. Gente, compreendi que isso é carência. Ignore esse povo e segue em frente. Você não depende deles. Vida que segue. Valoriza quem está com você, quem te liga e se importa com você.

O mundo dá voltas

Nunca humilhe ninguém por ter um cargo superior. O mundo dá muitas voltas, viu?

O mundo dá muitas voltas. Quem está por cima pode cair para baixo na escala social. A mesma coisa acontece ao contrário. Portanto, nunca humilhe ninguém. Pois os humildes serão exaltados e os que se exultam serão humilhados. Deus é senhor dos humildes e pobres.

Não existe dinheiro fácil

Quer realizar o sonho? Lute e planeje. Quer mordomia? Trabalhe. Aprenda que não há dinheiro fácil.

Dinheiro não cresce em árvores. Dinheiro se faz trabalhando. Os preguiçosos não querem se esforçar e reclamam que não tem dinheiro.

Todo sonho começa com um bom planejamento. Depois, vem a fase da análise e ação. Para que tudo der certo, tem que ser planejado nos mínimos detalhes. Se fracassar, repense a estratégia. Ou então troque de sonho. Às vezes temos que substituir objetivos impossíveis pelas metas possíveis para poder prosperar.

Os verdadeiros amigos

Amigo é Deus, nosso pai, nossa mãe e alguns irmãos. Fora isso não acredito.

Na minha adolescência e juventude, fui muito bobo. Pensei que algumas pessoas eram minhas amigas. As consequências disso foram várias decepções dolorosas que fizeram rever meus conceitos. Hoje em dia, eu acredito apenas no amor de Deus, da mãe, de alguns irmãos e alguns selecionados sobrinhos. Fora da família, não acredito. Até porque as relações sociais com estranhos são extremamente pautadas no interesse. As pessoas só te procuram quando querem alguma coisa. Mas no contexto geral, você é simplesmente esquecido pelos outros. Ninguém se preocupa como você está se sentindo, ou se está precisando de algo. Na minha longa vida de quarenta anos, eu nunca recebi qualquer ajuda de estranhos o que me leva a crer que o mundo é realmente desumano. No ambiente de trabalho, quem comprava o bolo de aniversário era eu mesmo. Não tinha comemoração se eu não gastasse dinheiro do meu bolso. Isso me leva a crer que eu não era nada para eles. Já eu agia diferente. Quando eu comprava um lanche, eu dividia. Quando eu comprava uma caixa de chocolates, eu distribuía. Eu esperava que fizessem o mesmo comigo. Mas isso nunca aconteceu o que me frustrou ainda mais. Por isso digo: Ajude sem esperar retribuição. Por que se você fizer o bem esperando retribuição, você terá uma grande decepção.

Olho por olho e dente por dente.

Jesus nos mandou perdoar o inimigo e isso é uma característica dos espíritos elevados. Mas como você agiria se um estuprador fizesse mal a sua filha? Se alguém roubasse seus bens ou se alguém destruísse sua família? Você perdoaria? Creio que isso está longe dos caminhos humanos. O homem não se conforma com a maldade. Exigimos justiça e que o inimigo sofra. Precisamos que a lei do retorno funcione para nos sentirmos em paz. Porque isso também é uma lei divina: Colhemos o que plantamos. Não é justo que o bom pereça. Precisamos castigar os maus e bonificar os bons para construir uma sociedade equilibrada. O perdão não ensina. Precisamos corrigir nossos defeitos para nos sentir melhor.

Precisamos reagir

Se alguém te maltrata, responda no mesmo nível. Não leve desaforo para casa.

Por que alguém se sente no direito de nos magoar? Porque alguém pratica o mal pelo livre-arbítrio e espera que você sofra calado? Eu respondo: Ninguém tem o direito de nos agredir e nos magoar. Se alguém te ofende, responda à altura. Magoe também. Para que essa pessoa não fique acostumada a te fazer sofrer.

Amor é um negócio?

Por que a maioria, homem ou mulher, só quer o nosso dinheiro no relacionamento?

Já tive muitas propostas de relacionamento. Todas elas envolviam questões financeiras. Isso me fez desacreditar do amor completamente. Hoje em dia o materialismo impera no mundo. Pessoas fazem de tudo para conquistar o dinheiro. Para estas pessoas, os fins justificam os meios. Mas já na minha opinião, é o contrário disto. Precisamos valorizar a pessoa pelo seu caráter, suas ações, suas obras. Tudo isso é muito importante porque uma pessoa de bom caráter é algo extremante raro.

Temos que tentar até conseguir

A vida é feita de tentativas. Se não tentar, como você sabe se vai dar certo?

Estou na carreira literária há 15 anos. Em toda esta trajetória eu encontrei grandes dificuldades. No entanto, nenhuma delas me fez desistir. Eu sempre acreditei no meu sonho mesmo desistindo várias vezes. Então eu sempre renascia como fênix e continuava. Hoje, tenho uma carreira estável. Não vivo de literatura pois sou autor independente, mas amo essa arte que me preenche as horas vagas. Meu intuito é evoluir como ser humano e ajudar a humanidade.

Um resumo abaixo da minha trajetória de vida:

Caros colegas escritores e leitores, estou aqui para dar meu depoimento pessoal que pode também servir de incentivo para muitos que estão ainda no começo do caminho literário. Meu sonho na literatura iniciou-se ainda bem jovem, na minha adolescência. A fundação Possidônio Tenório de Brito abriu uma boa biblioteca em minha comunidade e dividindo meu tempo na escola, o trabalho na roça e a leitura passava meus dias. Perdi a conta de quantas coleções de livros eu devorei nesta época. Ser leitor era mesmo um barato, mas eu queria mais. Cresci neste mundo de sonhos com saúde. Já na idade adulta em 2006, quando um problema relativamente grave de saúde debilitou-me a ponto de eu sentir-me incapaz, a literatura foi uma válvula de escape para que eu pudesse aos poucos me libertar dos meus demônios internos. Nesta época, escrevi um pequeno livro em algumas folhas de rascunho. Nesta época, era impensável para mim ter um computador devido as minhas condições desfavoráveis. Não era aquele o meu momento. Guardei meus rascunhos para uma data posterior. Em 2007, comecei a digitar meu livro nos intervalos do trabalho guardando-o no disquete. Tive tanto mal sorte que o disquete queimou. Iniciei o curso de licenciatura em Matemática e mais uma vez deixei meu sonho de lado. Terminei o ensino superior em 2010 e no ano seguinte comprei meu primeiro notebook. Nesta época, já tinha escrito o meu primeiro romance e priorizei sua digitação. Lancei ele neste mesmo ano. Realizara meu sonho de ser autor publicado muito embora minha situação financeira fosse ainda catastrófica. Parei novamente com meu sonho.

No momento que já não esperava mais, passei num concurso público e retomei a literatura no fim de 2013.Escrevi muitos outros livros e lancei outros. Neste ano de 2016 assim que puder pretendo conseguir mais traduções e ampliar os horizontes do meu trabalho profissional. Escrevo quase sobre tudo: Romances, poesia, religioso, auto ajuda, sabedoria, entre outros. Só de sentir o prazer de que leitores do meu país e de outros países leiam meus escritos já valeu a pena todo o meu esforço. O meu objetivo na literatura vai além do dinheiro, como renda tenho meu emprego. É partilhar conceitos, transformar e criar novos mundos, é tocar pessoas e fazê-las mais humanas numa cultura de paz. É acreditar que mesmo enfrentando a labuta normal, problemas que todo mundo tem eu posso sonhar com dias melhores. A literatura me transformou por completo e todos ao meu redor. Devo tudo a meu Deus grandioso que sempre me apoia. Eu continuarei meu caminho com fé no coração e imortalizando este dom de Deus para sempre. Por isto meus caros colegas, nunca desistam de seus sonhos. Você é capaz!

Ser solteiro ou casar?

É muito melhor ser solteiro. Você não tem que dar satisfação de sua vida para ninguém.

Existem prós e contras nessas duas opções. Ser casado é bom porque você pode constituir família, ter uma companhia e ter momentos de lazer juntos. Ser solteiro te dá mais liberdade. Você não precisa dar satisfações de sua vida para ninguém. Entretanto, tem que enfrentar a solidão diária o que pode gerar uma grave crise depressiva.

Nunca fui rico. Gosto de ser pobre. Eu me sinto feliz na minha simplicidade.

O materialismo tomou conta do mundo. Cada vez mais, as pessoas correm atrás de dinheiro como se isso fosse um Deus. Entretanto, é preciso ser razoável com isso. Dinheiro é importante apenas para ter conforto material. Mas em nenhum caso, proporciona felicidade. A felicidade não se compra com bens materiais. A felicidade está no amor romântico, amor familiar, amizade verdadeira, num carinho dum animal. Portanto, precisamos valorizar o que realmente importa: Deus, amor, saúde e família.

Não nasci com o destino de ter um amor

Cheguei à conclusão que não nasci pra ter amor. Mesmo assim, sou uma pessoa muito feliz. Eu tenho minha inteligência, tenho um trabalho e tenho saúde. Tenho tudo que preciso pra ser feliz. Sou grato. Nessa vida, devemos agir mais e pedir menos.

O verdadeiro amor

Ninguém me quer porque sou fedorento. Só porque tomo banho a cada 15 dias. Isso não é motivo de rejeição né? Na minha concepção, se você ama alguém, você ama uma pessoa com defeitos e qualidades. E se seu amor não gostar de tomar banho? Isso não deve fazer a menor diferença porque você o ama. Se para amar alguém, você faz alguma exigência, isso não pode ser amor. Amor incondicional aceita a outra pessoa do jeito que ela é.

Faça a diferença

Se você tem algum parente LGBTI, apoie ele e ame ele. O mundo já é tão terrível com as minorias que eles precisam de vocês. Agora, se você persegue e discrimina seu próprio parente, me desculpe, mas você não o ama.

Algumas reflexões

1. *"Após uma tentativa malsucedida de publicar um livro, sinto minhas forças restaurando-se e revigorando-se".*
Meu sonho na literatura começou quando eu tinha vinte e três anos de idade. Eu estava na adolescência enfrentando um problema de saúde. Comecei a escrever como forma de terapia. Escrever me fazia

superar meus problemas emocionais e é algo que recomendo para qualquer pessoa. Foi aí que percebi que eu tinha um dom. Um dom que me fazia uma pessoa mais humana e que, através dele, eu poderia transformar várias histórias. Surgia aí minha carreira literária que já completa quinze anos. Minha primeira tentativa de publicação ocorreu três anos depois quando eu digitei meu trabalho no computador, imprimi e enviei para uma editora. Recebi minha primeira avaliação negativa o que me trouxe bastante tristeza. Sem perspectivas, parei de escrever e me concentrei apenas nos estudos. Conseguir um trabalho sempre foi meu principal objetivo para poder me tirar da situação financeira precária que eu vivia. E tempos depois, realmente eu conseguiria minha estabilidade financeira e voltaria a escrever retomando esse sonho de infância.

2. *"Deus e a literatura são meus grandes amores da minha vida. Deus, porque nunca me abandonou nas minhas necessidades. A literatura, porque se tornou meu grande psicólogo. Não é fácil ser rejeitado mais de mil vezes no amor e milhares de outras vezes na profissão. Tem que ter um psicológico forte. Eu sinto que tenho a felicidade nas minhas mãos. Então ser feliz é entrar nesse mundo maravilhoso dos livros. Não preciso de um amor para ter esse sentimento de felicidade".*

3. Tomei uma decisão: eu só quero um amor um dia se este amor me colocar em primeiro lugar. Se não for assim, prefiro ficar sozinho. E vocês? O que esperam do amor?

   Não espere menos do amor. Exija um amor incondicional. Você deve sempre ser seu primeiro amor e ter seu lugar de destaque. Se seu parceiro valoriza mais a cerveja, amigos e festas do que sua companhia, está na hora de repensar seu relacionamento. Não aceite a traição. Quando a traição ocorre, isso destrói nossa confiança. É como o cristal que quebra, nunca mais pode ser emendado. É preferível terminar o relacionamento e seguir em frente. Você vai sentir paz e felicidade mesmo sozinhas. A felicidade é algo relativo. Existem pessoas casadas infelizes e pessoas solteiras completamente felizes. Portanto, não tenha medo de encerrar um ciclo.

4. " Acho que preciso muito pouco pra ser feliz. Um livro pra

escrever, o sol batendo na cara, saúde, uma praia, um suco no barzinho, esperar o dia amanhecer. Sou feliz com que eu tenho. E você? Se sente feliz?"

Muitas pessoas vivem correndo atrás do dinheiro. Pensam que ser rico é ter felicidade. Mas não é bem assim. Dinheiro te compra coisas materiais, mas não as coisas mais importantes de sua vida. Dinheiro não compra saúde, amor ou carinho verdadeiros. Um cachorro ou gato de estimação vai te amar da mesma forma, seja você rico ou pobre. Dinheiro não compra salvação, mas um ato de ajuda ao próximo vai te dar felicidade. Portanto, valorize a obra e não as coisas materiais.

5. "Eu acho que o amor foi uma coisa criada pela mídia. Acostumamos a ver o amor nos filmes e novelas e é tão encantador. Mas a vida real é totalmente diferente. O que acham?"

Os amores da vida real são completamente diferentes da ficção. Por isso nos apaixonamos pelos personagens fictícios. Seria maravilhoso encontrar um amor assim na vida real. Na vida real, encontramos muitos problemas que vão desgastando o relacionamento até destruí-lo. O tempo destrói tudo, menos os amores verdadeiros.

Nos caminhos do aprendizado

Religião wicca

Eu desço do táxi. Eu acabara de chegar na estação de ônibus do Recife onde eu pegaria o ônibus para Gravatá dos Gomes, distrito do município de Poção. Com pouco movimento, eu entro na fila de passageiros para subir as escadas do ônibus. A ansiedade grita dentro de mim fazendo despertar meu Aleph interior e explodir as sensações do Chacra. O que me esperava nessa nova aventura? Eu não sabia absolutamente nada, apenas me deixava me levar pela força poderosa do destino.

Começo a caminhar nas escadarias do ônibus. O movimento se intensifica, sofro pressão de ambos os lados, apresso o meu passo e finalmente entro no ônibus. Escolho uma das cadeiras no fundo do ônibus.

Do meu lado, tenho uma surpresa. Me encontro com Philip, um dos meus leitores mais assíduos.

Philip

Que honra ter a oportunidade de vê-lo novamente, grande escritor. Faz tanto tempo que não nos vemos. Como você passou esse período?

Divino

Eu vivi muitas experiências. Escrevi outras histórias, experimentei a carreira de cineasta, viajei, vivi momentos felizes no trabalho, perdoei, superei problemas e continuo sonhando. Nesse momento, eu me encontro totalmente pronto para o sucesso. E você? Como está?

Philip

Eu reconstruí minha vida. Com a experiência que tive ao seu lado, aprendi que tudo passa e devemos renascer como fênix. Eu casei novamente, eu arrumei um emprego novo, eu construí um patrimônio e reputação invejáveis, eu aprendi a fazer caridade, enfim, eu evoluí muito como ser humano. Sua participação foi fundamental nesse processo. Tenho muita gratidão por você e pelas forças benignas do universo.

Divino

Que bom te ver realizado e feliz. É exatamente essa a missão que tenho nos livros. Quero que a sociedade faça reflexões necessárias para corrigir injustiças seculares e para crescermos em conjunto. Precisamos dum mundo melhor para todos.

Philip

Sou seu admirador pessoal. Mas essa tarefa não é nada fácil. É uma história inteira de desafios. É muito difícil conseguir fazer alguma mudança no mundo visto que a maioria das pessoas se tornaram seres desprezíveis e irracionais.

Divino

Exatamente. Mas eu amo desafios gigantes. Tenho muita coragem e disposição para trabalhar. Prometo me esforçar bastante. Aqui começa o capítulo de uma nova história. Essa história será construída com amor, honestidade, imparcialidade, dignidade e muita qualidade literária.

Philip

Já estou ansioso para ler. Qual será o tema do livro?

Divino

Falarei sobre aspectos importantes das religiões e o ser humano contido nesse meio. Eu acho uma ótima proposta.

Philip

Tudo o que você se propõe a fazer é maravilhoso. Pode contar comigo na noite de autógrafos. Suas histórias me fazem um bem enorme. Hoje, sou um homem transformado.

Divino

Que bom saber disso. Isso me dá mais forças para continuar. Vamos juntos, então.

O ônibus solavanca e isso é o suficiente para desconcentrar os dois. O veículo continua avançando enquanto a mente fértil do vidente se propõe a viajar em sua própria imaginação. Quem era ele naquele momento? Era um homem adulto, com trinta e oito anos, com um conhecimento cultural incrível. Suas decepções pessoais amorosas e profissionais nunca tiveram o poder de destruir suas esperanças. Já contabiliza duas mil rejeições amorosas e milhares de rejeições profissionais. Era, portanto, um sobrevivente.

Para poder continuar sonhando, ele mentaliza seu sucesso num futuro que ele não sabia como alcançar. Aliás, nem precisava se preocupar com isso pois o mundo era uma grande incógnita para todos os seres humanos. Todos nós somos peças num tabuleiro comandado por um ser maior. É ele que escreve nosso destino no livro da vida. Entretanto, que isso não te desestimule a lutar. Por que também temos parcela de responsabilidade no nosso próprio destino. Isso é concretizado num poder chamado "Livre arbítrio", e é nosso maior instrumento de liberdade.

Á medida que o ônibus avança, seus reflexos diminuem e ele se vê num transe astral. Ele analisa sua própria vida. Como sua trajetória tinha mudado no último ano. Perdera sua mãe e isso lhe colocava como responsável por sua família. Eu explico. Não se tratava duma obrigação jurídica, mas uma obrigação moral pelo fato de seus irmãos sempre o apoiarem. Eles eram os únicos que permaneciam com ele nos bons e maus momentos. Esse era um fato incontestável. Todas as outras pessoas que faziam parte do seu ciclo social, simplesmente desapareceram. Ele foi completamente abandonado na pandemia por todos eles o que prova a teoria de que as pessoas só lhe procuram quando é algo do interesse delas. Não adianta romantizar a situação. A verdade é que na grande maioria das vezes só podemos contar com nós mesmos e com nossos familiares. Ele seria muito ingrato se não reconhecesse isso.

A pandemia tinha melhorado um pouco com a vacinação acelerada e isso lhe dava a oportunidade de retomar sua vida. Ele tinha vontade de inúmeras coisas, mas o futuro era totalmente incerto. O que sabia era que tinha total confiança em Deus e em sua proteção. Alguém dá uma batida de leve nas suas costas o que faz desviar sua atenção.

Philip

Como anda a questão amorosa? Encontrou o amor que você tanto desejava?

Divino

Eu tive um estranho sinal. Encontrei com uma mestra de candomblé numa lotação. Eu ofereci a ela uma coxinha de frango e começamos a conversar. Daí fui contando a minha desgraça amorosa para ela. Ela me garantiu que eu namoraria o homem que amei no trabalho, homem que não vejo há cerca de dois anos por eu estar no trabalho remoto. Ela me envolveu numa conversa sem sentido. Me pediu trezentos dólares para rezar por mim. Enfim, não entrei na conversa dela e bloqueei seu número de telefone. Eu não acredito muito nessas crendices religiosas. Atualmente, estou sozinho e feliz, graças a Deus. Eu descobri um amor imenso do universo e de Deus por mim. Verdadeiramente, não preciso dum amor de outra pessoa para me completar. Sou grato pelas minhas conquistas.

Philip

Isso me chama farsa religiosa. São chamados "profetas do dinheiro" que enganam seus seguidores prometendo fantasias inalcançáveis. Muitos perdem fortunas acreditando nisso. Mas pelo menos você superou o sentimento que tinha pelo rapaz do trabalho?

Divino

Eu me sinto totalmente bem. A rejeição dele é apenas uma lembrança, não dói tanto quanto antes. Eu estou afastado dele há muito tempo e ele me exclui de qualquer aproximação. Ele faz parte do grupo do meu trabalho que me ignora. Ele está num mundo distante de mim. Na vida, temos dois grupos distintos na sociedade. Um grupo que persegue e discrimina, e outro que sofre perseguição. Isso é algo importante a destacar. Não é possível se misturar com alguém desse grupo.

Philip

Fico feliz que não sofra tanto. Foi um grande aprendizado, não é? Que conclusões você tira disso?

Divino

Não sei exatamente. Eu só sei que sofri durante muito tempo com uma esperança que me contagiava. Se eu pudesse escolher, eu não me entregaria a ninguém mais como eu me entreguei a ele. Muitas vezes, a paz é nossa principal conquista.

O ônibus solavanca novamente. E nosso amigo Philip fica pensativo. Parece que o querido filho de Deus, o seu autor favorito, ainda não superara o amor platônico por um colega de trabalho. A experiência que ele tivera com a candomblecista era algo realmente inusitado. E se o que ela disse fosse verdade? Parecia incrível acreditar numa previsão, mas parece que seu amigo se prendia aquilo como uma forma de não esquecer completamente aquele amor verdadeiro. Era realmente uma pena que isso não se concretizara. Um amor tão lindo da parte dele, mas que não fora correspondido da mesma forma. Isso é algo que machuca muito qualquer um. A única alternativa viável que seu amigo tinha era esquecer isso completamente para seu próprio bem.

Por uns instantes, ele também pensa na sua situação pessoal. Tinha sido uma pessoa psicologicamente destruída por um acidente, onde faleceram seus entes queridos. A ida ao deserto servira para encontrar a Deus e resolvera seus conflitos mais internos. Apesar de não ver mais seus parentes fisicamente, tinha total confiança num encontro futuro no reino de Deus. Esse é o destino de cada ser humano vivente. Estamos aqui só de passagem.

Numa reanálise pessoal, se via um homem novo e pronto para novas experiências. O encontro com Deus tinha sido a virada de chave em sua história proporcionando uma visão ampla da vida. Agora iria seguir seu rumo mais feliz com aquele encontro inesperado. Num ponto mais próximo, desce e se separa do Divino. O filho de Deus continuaria sua jornada em busca do seu destino. Tudo se encaminhava para uma solução de ideais, sentidos e perspectivas.

O ônibus prossegue em seu caminho. Passando por cidades, vilas, povoados, fazendas e sítios, vai desbravando o interior do estado de Pernambuco. Tínhamos também as montanhas, os animais, o homem do campo. Tudo isso remetia ao elemento cultural do nordeste brasileiro, uma terra pobre, mas cheia de cultura e identidade regional. Com certeza, estava vivenciando uma das maiores experiências de sua vida.

Um tempo depois, com quatro horas de viagem, ele finalmente está chegando no povoado Gravatá dos Gomes. Ele se impressiona como o pacato lugar permanecia igual mesmo depois de muito tempo. Ruas compridas de um lado e de outro, a igreja matriz e a praça no centro, pequenas casas comerciais, o movimento de pessoas, carroças, animais, e a serra de Poção faziam daquele lugar um dos mais pitorescos do mundo. O ônibus para e ele desce. Caminha alguns passos na estrada e já se aproxima da casa da antiga colega de escola. Em frente da casa, faz uma pequena pausa para respirar, avança um pouco mais, bate na porta três vezes seguidas e finalmente é atendido.

Acomodados no sofá da sala, nossos amigos trocam as primeiras impressões.

Beatriz

Como foi sua viagem?

Divino

Foi muito boa apesar de eu me sentir um pouco cansado. Eu estava precisando disso há muito tempo. Você sabe que com o início da pandemia virótica mundial eu fiquei só em casa. Foram dois anos de reflexões intensas e trabalhos remotos. Por pouco, eu não atingia a iluminação espiritual mais intensa proposta por Buda.

Beatriz

Eu também tive uma experiência semelhante. Estou dando aulas remotamente. Foi um tempo de intenso trabalho e adaptação. Mas foi muito prazeroso contribuir com a educação dos meus alunos.

Divino

Que bom. Fico orgulho de você.
Beatriz
Muito obrigada. Eu estava ansiosa esperando você. Soube do seu novo projeto e quero contribuir da melhor forma possível. Estou pronta para lhe ajudar na descoberta da religião Wicca de forma mais profunda.
Divino
Muito obrigado. Podemos começar o treinamento?
Beatriz
Sim. Agora mesmo.

Conceito da wicca

O casal saiu pela porta dos fundos e adentrou na floresta negra. Caminham entre animais sagrados, pedras, espinhos, o relevo natural e o próprio pensamento contido. Estavam num ambiente puramente místico, o que é propício a revelação de segredos.
Divino
O que é a religião Wicca?
Beatriz
A wicca é uma religião ligada a entidades da natureza. Considerada a religião mais antiga do mundo, os seguidores são chamados de bruxos. As bruxarias que eles fazem podem ser naturais ou de diversas espécies de acordo com a índole do indivíduo. Como em qualquer religião, temos grupos que trabalham para a evolução humana e outros trabalham pela desordem.
Divino
No que vocês acreditam?
Beatriz
Cremos na Deusa tríplice e na Deusa mãe. Não cremos em entidades como Lúcifer, Jesus ou Satanás.
Divino
Como se divide a wicca?
Beatriz

Temos muitas tradições e divisões. Vou citar algumas: Wicca Gardneriana, Wicca Alexandrina, cochranianismo, tradição Feri, Tradição diânica e Wicca saxônica.

Divino

Como se encontra a wicca na atualidade?

Beatriz

Atualmente, a wicca tornou-se uma vertente do Neopaganismo, resgatada pelo historiador Gerald Gardner. Com sua morte, em 1964, apareceram novas tradições expandindo a religião wicca pelo mundo.

Divino

Como a religião wicca se iniciou no Brasil?

Beatriz

A religião wicca se consolidou no Brasil a partir da década de noventa. As comunidades wicca se concentram em grandes regiões como são Paulo, Rio de janeiro e Brasília.

Divino

Fale um pouco da teologia wicca.

Beatriz

Nós cultuamos um Deus masculino e um Deus feminino. São o yin e yang de cada pessoa, ou seja, a dualidade que todos nós temos. O Deus cornífero está relacionado a morte, caça e magia enquanto que a Deusa mãe é associado ao prazer da vida, a renovação dos ciclos da terra e a ressureição. Nós adotamos o conceito de totalidade, o universo é um todo em cadeia que se manifesta em espírito animados e inanimados.

Divino

Como é esse conceito de polaridade entre os princípios masculino e feminino?

Beatriz

São forças criadoras e complementares que remontam a origem do universo. Há um equilíbrio entre essas forças necessário para o bom andamento do plano divino.

Divino

O que é reencarnação no conceito wicca?

Beatriz

Reencarnar é ter várias vidas corporais. A reencarnação é necessária para que o espírito evolua e cresça em sabedoria.

Divino

O que é magia?

Beatriz

É uma força que manipula energias que atuam na vida do ser humano. A magia pode atuar tanto para o bem quanto para o mal. Quem usar a magia para o mal, está submisso a "lei do retorno" que recompensa as ações boas e más. Tudo o que fizeres ao outro, o universo te devolverá três vezes mais forte.

Divino

Que virtudes devem ser seguidas pelos Wiccanos?

Beatriz

Alegria, reverência, honra, humildade, força, beleza, poder e *compaixão.*

Divino

*C*omo a wicca vê a questão da homossexualidade?

Beatriz

Ela é aceita em todas as vertentes religiosas wicca.

Divino

O que são os cinco elementos?

Beatriz

Espírito, ar, água, terra e fogo. Vamos para a situação prática. Acompanhe-me, vidente.

Divino

Está bem. Estou indo.

O círculo mágico

A lua cheia aparece e o céu escurece. Ali, naquela clareira numa floresta densa, um rito é iniciado. Num altar improvisado, é colocada uma taça, um livro e um pergaminho secreto. Seguindo orientações da mestra, eles tiram a roupa, invocam os cinco elementos e começam a fazer orações estranhas. Um círculo luminoso surge entre os dois iluminando todo o local. Aos poucos, Divino sente uma estranha sonolência. O mundo começa a tremer e a girar. Um portal mental surge e os engole. Eles são transportados para um mundo astral e veem o grande sacrifício das bruxas. Foram as seculares perseguições da Inquisição que desestabilizaram as forças opostas e tornaram um mundo suscetíveis a grandes desgraças.

Em seu universo particular, o vidente é conduzido por uma força estranha. Ele revisita sua infância, a descoberta do seu dom e dos grandes obstáculos primários. Parecia que tudo estava arquitetado desde o começo. A imersão na infância lhe mostra que nem sempre a vida é justa com todos. Mas o livre arbítrio e sua força de vencer foram suas grandes armas para ele sobreviver num mundo desacreditado. Ele concorda que esse período de sua vida fora o melhor apesar de todas as carências financeiras e afetivas. Já na adolescência, começara um período de descobertas e aventuras. Era protagonista da série o vidente e de sua própria história. Esse exercício lhe proporcionou uma grande quantidade de aprendizados e de situações que o tornaram o homem que ele era hoje. Ele estava totalmente determinado a compreender o mistério do mundo e do universo.

Como adulto, estava no processo de construção da carreira. Ele estava num processo de ceticismo e confiança. Apesar de acreditar em destino, ele estava totalmente disposto a lapidar seu talento, aumentar seu aprendizado, questionar tradições e dogmas, lutar pelos excluídos e marginalizados, tomar uma atitude proativa frente a situações de riscos e se engajar pelo bem da humanidade. A fim disso, ele estava disposto a liberar seu poder oculto e se integrar as forças mais poderosas do universo.

O círculo continua se expandido e usando a magia astral deles potencializa suas ações. O objetivo era trazer a cura para uma humanidade egoísta e capitalista. Num mundo em pandemia, os seres humanos precisam reavaliar suas condutas, tomar uma atitude mais benéfica e agir. Vivemos uma era desproporcional de egoísmo. Para podermos quebrarmos esse círculo mortal de favores, é preciso mais que ação. É preciso conscientização e luta por um mundo melhor. É necessária uma efetiva mudança para que a paz volte a reinar.

Nessa navegação astral, eles percebem a corrupção humana em todos os setores. Eles percebem o preconceito, a intolerância, a discriminação, a perseguição com os menores e é uma coisa que os deixa muito triste. Divino pega a lança e quebra a taça. O círculo de luz explode e as vozes ribombam. O feitiço tinha sido quebrado. Pouco a pouco, eles retomam a consciência.

Beatriz

O ritual terminou. Agora você pode trilhar seu caminho com mais tranquilidade.

Divino

Muito obrigado, querida. Eu me sinto bem melhor e em paz.

Beatriz

Fico feliz em fazer parte de seu processo literário e de sua vida. Agora, vamos iniciar outro processo, tire a roupa.

Divino

Como é que é?

Beatriz

Tire toda roupa e se encaminhe para o círculo mágico. Vamos fazer o ritual de acasalamento espiritual.

Divino

Tudo bem, mestra.

Divino cumpre as ordens. Vai despindo as roupas e bronzeando seu corpo nu naquela noite de lua cheia. Ele se coloca no centro do círculo mágico. Beatriz também tira a roupa e fica ao lado de Divino. Invoca entidades espirituais que fazem parte do ritual. Aparecem ao lado dos dois, três entidades masculinas: um negro, um moreno e um loiro. O negro e o moreno começam a explorar o corpo de Divino enquanto o louro faz par com Beatriz. A volúpia de sexo deles provoca gemidos, sensações boas e estranhas e um transe mental que os deixa bastante desinibidos.

Essa situação leva Divino a relembrar suas aventuras amorosas na madrugada com Deuses do sexo. Desde jovem, ele aprendera a controlar essas forças em prol do prazer e de sua evolução mental e sensorial. Se tornara um homem despudorado justamente por essas experiências maravilhosas. O sexo é uma força poderosa que pode contribuir bastante para descobrirmos quem somos e nosso papel no mundo.

Alheio a tudo ao redor, o grupo faz sexo em conjunto a luz da lua. As ondas de energia provocadas pelo grupo são capazes de quebrar portais dimensionais. Isso é o princípio da criação e da felicidade. O preconceito, a vergonha e as regras morais só atrapalham ao invés de ajudar. No sexo, experimentam a liberdade natural e a espiritualidade os guiando ao conhecimento. Esse é o papel do bom mago: Cultuar a força da direita e controlar o poder da esquerda, para que tenha o poder absoluto sobre todos.

O sexo se torna frenético e assim ondas de energia são lançadas por todos os lados. Divino se contorce tentando atingir o ápice do prazer. Em poucos segundos, eles são capazes de atingir o orgasmo, recomeçar de novo e ter o "sprint" do prazer. Reconfortados, sentam e conversam em conjunto. É dessa forma que eles são gratos pelos prazeres vividos. Mais tarde, vestem a roupa e tentam encontrar em si mesmo "um ponto de impacto", capaz de mudar o direcionamento do seu destino.

Beatriz

Eu me senti muito feliz com nossa experiência conjunta. Essa intimidade era necessária para podermos criar laços mais duradouros. O que achou?

Divino

Eu me senti totalmente conectado com a força criadora e da natureza. Em breves momentos, entendi mais sobre a origem do cosmo, dos buracos negros, dos quasares, das galáxias e do nosso próprio planeta. Eu também compreendi melhor meus medos, inquietações e dúvidas. Foi uma imersão na minha própria descoberta. Na minha experiência, chorei, sofri, interagi, redescobri minha própria verdade. Eu senti que sou totalmente livre. Eu senti que tenho direito a minha felicidade e meu lugar no mundo. Eu senti que sou útil para a humanidade. Vi que a arte e a vida fazem parte da mesma história. Conciliar isso é uma arte para poucos. Eu me sinto bastante reconfortado. Com minha experiência de vida, pude entender os sinais que a vida me dá. Eu pude entender melhor o Deus criador e a Deusa mãe, que são faces da mesma moeda. Eu me senti parte da força energética do universo e que minhas ações afetam a mim e ao mundo. Por isso, devemos sempre ser instrumento da verdade, honestidade e dignidade. Não vamos seguir o exemplo de tantas pessoas medíocres. Vamos fazer a diferença para que possamos ser reconhecidos pelas nossas obras. Vamos julgar menos e agir mais. Ter empatia é fundamental para que cultivemos a humanidade em nós.

Beatriz

Você tem minha admiração. Eu aprendo diariamente com você a ser um ser humano melhor. Você foi o único que não me julgou. Você foi a pessoa que me deu outra chance e acreditou em mim. Eu sou muito grata por fazer parte de seu trabalho literário.

Divino

Era o mínimo que todo ser humano devia fazer. Temos que fazer sempre a diferença na vida do outro. Dessa maneira, o mundo seria bem melhor.

Beatriz suspira e avança. Marca um quadrado na frente deles. Eles juntam as mãos e entram no quadrado. As entidades são invocadas e eles entram em transe. Em sua mente, mundos e segredos são revelados. Eles veem os conflitos do céu, inferno, purgatório, cidade dos homens e suas próprias batalhas pessoais. Era como se o mundo girasse e capotasse diversas vezes. Eles experimentam sensações diversas como intuição, premonição, vidência e empatia. Era um conjunto de coisas que os ligavam a outras pessoas. Era sua marca no mundo. Um momento depois, uma bola de fogo explode perto deles o que torna o ambiente mais pesado. Era como se toda a negatividade tentasse impedir o caminho deles. Mas eles tinham uma força interior muita forte o que permitia que eles continuassem lutando pelos seus sonhos. Mesmo que às vezes alguns sonhos fossem substituídos por outros. É o meu caso. Desisti do cinema por não conseguir entrar nesse mercado fechado.

O círculo se fecha ainda mais e eles podem então ver como tudo funciona. Era como se viajassem em alta velocidade pelos céus e pelo espaço exterior. Tinham uma sensação dupla de liberdade e medo. Pareciam super heróis e tão frágeis ao mesmo tempo. Isso os faz refletir sobre a brevidade da existência. Não somos mais que um sopro. Tudo o que tivermos de bens materiais não levaremos a lugar algum. Levaremos somente as boas obras que fizermos. É por isso que dinheiro não compra amor, não compra amizade verdadeira, não compra felicidade. Existem pessoas infelizes em mansões enormes e outras verdadeiramente felizes numa casa de palha. A felicidade está no que você é e não no que você possui.

Divino pega a lança e quebra o círculo luminoso. Ele tinha realmente entendido seu papel no mundo. Mais do que escrever e transformar realidades, ele precisava ser exemplo para as novas gerações. Ele precisava dominar as forças opostas, compreender o caminho da noite escura da alma, ser autêntico e dominar os chacras a fim de equilibrar o yin e yang. Isso tudo era um processo longo e contínuo. Mas ele sempre estava disposto a aprender cada dia mais. O caminho do aprendizado realmente era muito atrativo para suas pretensões profissionais.

Divino
O que são os símbolos da religião wicca?
Beatriz
Temos a mulher pisando na serpente representando a supremacia do poder feminino contra o mal e temos um homem derrotando um dragão, símbolo da determinação e luta pelos nossos sonhos. Temos também o símbolo da tríade feminina entre outros tantos símbolos. A tríade feminina é composta pela virgem, a mãe e anciã. A virgem representa a força criadora, a expansão do universo, novos destinos, puberdade, infância. A mãe representa o período fértil, sexualidade, dignidade, poder feminino e a própria vida. Já a anciã é reduto da sabedoria e experiência. Outros símbolos que podemos destacar são: A estrela de David e o pentagrama.
Divino
Muito obrigado. Qual é o próximo passo?
Beatriz
Estou pronta para te revelar a história da minha bisavó. Toque-me.
Divino
Com muito prazer. Eu esperei isso por muito tempo.
Divino toca sua mestra. Com isso, uma explosão energética percorre

seu corpo. Com um ribombo dum trovão, uma imagem surge para os dois. É o início duma nova história.

História de Estrela Fernandes, bisavó de Beatriz
serra talhada, ano de 1750

Era um dia de trovoada. Naquela pequena casa de palha, estavam reunidos Apolo, Diana e a parteira Maria da luz. Diana entrara em trabalho de parto no meio da noite e a solução fora chamar a vizinha que era parteira.

Maria da luz

Continue fazendo força, ele já está bem próximo de nascer. Me parece que é um ser vigoroso e muito poderoso. Vejam, já está nascendo.

O bebê nasce chorando compulsivamente. Nesse instante, o galo grita, um lobo assobia e um passarinho canta. O chão da casa parece se abrir misturado a gritos infernais. Parece que a porta que sela os dois mundos estava entreaberta. Diana faz uma oração wicca que sua mãe lhe ensinara para proteger sua bebê. Com isso, a bebê conseguira superar os desafios.

Apolo

Minha querida Estrela, como é linda. Eu sou o pai mais feliz do mundo. Junto com sua mãe, construímos uma família linda unidos pela fé e pelos mesmos ideais. A sua chegada vem trazer paz e alegria. Seu nascimento é um sinal de que nós somos fortes e preparados para enfrentar os maiores obstáculos.

Diana

Obrigada, Maria da luz. Eu também estou muito feliz, Apolo. Temos um planejamento ideal para fazer reverberar nossas crenças. Eu me sinto tão angustiada com tudo o que acontece no mundo, mas ao mesmo tempo me sinto esperançosa. Estrela vem nos trazer essa força reserva que precisávamos. Vamos aproveitar as bênçãos das entidades naturais para selar esse acordo familiar.

Os três se juntam em círculo com uma pomba, um livro e

um diamante. Fecham os olhos e convidam a espiritualidade para abençoá-los. Há um grande choque entre forças o que gera ainda mais ansiedade. O que seria deles e daquela menina tão travessa? Nada sabiam naquele momento tão generoso e perturbador. Estavam entregues às forças energéticas do universo que os guiava. Que limite existia entre o poder da magia e o destino? Era o que eles se perguntavam. Havia muita coisa para ser descoberto no decorrer da aventura. No momento queriam apenas aproveitar do nascimento da criança e festejar.

A parteira é paga e se despede. O casal fica sozinho com a criança. Como já era tarde, vão dormir. Começa aí a saga duma das bruxas mais respeitadas da américa latina, a grande Estrela Fernandes.

Batizado

Tinha completado sete dias do nascimento de nossa querida personagem. Foi então convocada uma reunião entre familiares para fazer o ritual de batismo da criança. No dia e horário combinados, os parentes compareceram e organizaram todas as coisas para o evento acontecer.

O mestre wicca Apolo foi o orador da cerimônia. Usando sua arte mágica, ele faz o ritual de proteção em sua querida filha. Depois, ele se juntou aos outros e a festa começou. Durante um dia inteiro, eles comeram, beberam, dançaram e fizeram rituais. Foi um dia bastante produtivo e feliz. Um dia de reunião familiar, onde os integrantes compartilhavam interesses comuns. Ao final do dia, o evento é encerrado e todos voltam para suas casas.

Os primeiros cinco anos de vida de Estrela Fernandes

Depois do batizado, nosso casal preferido continuou sua rotina. A criança começou a crescer e a se desenvolver. Eram dias de alegrias e aventuras para os pais. Desde os primeiros passos, as primeiras palavras, tudo era novidade.

A criança foi instruída nas regras morais da religião Wicca crescendo em sabedoria e poder. Era uma criança muito esperta, travessa e amável. Em qualquer lugar que fosse, fazia um grande sucesso.

Com isso, o tempo foi passando com a menina completando cinco anos de vida. Nesse momento, um estalo mágico aconteceu fazendo ela ficar consciente do que era. A partir desse dia, ela passaria a fazer parte dos seres conscientes da religião o que era um grande avanço.

Primeiras experiências na escola

Estrela Fernandes foi matriculada na escola de sua cidade. Ela se mostrou uma aluna educada, gentil, amável e inteligente. Líder de turma, ela impressionava pelos ótimos resultados acadêmicos. Ela tinha como principais qualidades assiduidade, presteza, elegância e respeito. Num dia de aula normal, todos saíram deixando a sós a garota e a professora.

Professora

Vejo que você é uma jovem muito dedicada. Eu admiro muito seu trabalho de estudante. Qual é seu sonho, garota?

Estrela Fernandes

Meu sonho é me tornar uma médica e uma mestre na minha religião. Porém, até chegar nesse ponto terei um longo e difícil caminho. Entretanto, aprendi com meus pais a virtude da paciência e persistência. Eu conquistarei meus objetivos de uma forma ou de outra. Eu não sou uma wicca por acaso.

Professora

Eu gosto de sua determinação. Realmente, eu acredito em seu potencial. Se queres algo, planeja, age e conquista. Nada é nos dado de graça. Feliz é o homem que vive no caminho dos seus sonhos. Feliz é aquele que fracassa, mas não desiste. Precisamos, pois, ter uma nova ótica sobre a vida e nós mesmos. Eu dou todo o apoio a você.

Estrela Fernandes

Muito obrigada. Eu vou precisar muito de sua ajuda, conselhos úteis e motivação. Nosso caminho fica mais fácil quando é compartilhado com outras pessoas confiáveis. É como se dividisse o peso de nossas responsabilidades.

Professora

Muito correto. Pode contar comigo sempre. Eu serei sua fada madrinha. Eu amo ajudar pessoas ambiciosas. Nada é ruim se você não atrapalha os outros. Você precisa ter foco, planejamento e dedicação. O resto, você consegue facilmente. Ter autoconfiança é fundamental.

Estrela Fernandes

Muito obrigada por tudo. Já está na hora de voltar para casa.

Professora

Vá com Deus. Que suas entidades te abençoem. Paz, sucesso e felicidade sempre.

As duas se separam com cada um indo cumprir outras obrigações. Já passava do meio dia e elas precisavam ter novas atitudes. Isso era necessário para alcançar o sucesso completo. Boa sorte para elas.

Brincadeira com amigas

A garota wicca tinha várias colegas de escola. Muitas vezes, ela recebia visitas em casa para realizar atividades conjuntas. Nesse dia, ela recebera a visita de duas amigas: Samara e Leandra. Após uma manhã de estudos, elas almoçaram e depois se reuniram para uma conversa no pátio da casa.

Samara

Que maravilha é morar aqui, amiga. Sua casa é bem decorada, móveis e artefatos de bom gosto, tem uma espiritualidade boa, além de ter sua ótima companhia. Gosto muito de vir aqui.

Estrela Fernandes

Muito obrigada, amiga. Eu me sinto feliz com sua presença também. Eu amo minha casa. Por mais que viajemos, sempre voltamos para casa. Parece que meu destino wicca é sempre aprender coisas novas. Vocês fazem parte dessa construção de conhecimento.

Leandra

Que bom fazer parte disso, amiga. Também agradecemos pelo seu companheirismo na escola. Isso agrega valores de conhecimento importantes para nós. Você é exemplo que dedicação e perseverança valem a pena.

Estrela Fernandes

Fico feliz que tenha essa visão da minha pessoa. Eu não faço mais do que minha obrigação. Eu não posso decepcionar meus pais. Eles esperam de mim o melhor. Eles me deram tudo desde que eu nasci. Nada mais do que justo eu retribuir o empenho deles.

Samara

Mas não se cobre tanto. Dê a si mesmo a oportunidade de aproveitar melhor a vida sem tantas cobranças. O ser humano consiste da união de respiração e transpiração, ou seja, temos que dividir bem o nosso tempo.

Estrela Fernandes

Concordo com você. Eu já faço isso. Eu exploro intensas atividades de prazer e lazer. Em cada momento da minha vida, eu vou colocando em ordem as prioridades. Eu tento aproveitar a vida da melhor forma possível.

Leandra

Isso é bom. Estamos com você nesse caminho. Somos suas companheiras fiéis para todas as horas.

Estrela Fernandes

Que bom saber disso. Eu acho que as interações sociais são importantes para a construção da personalidade de cada indivíduo. O ser humano é produto do meio social. Temos que ter boas relações e amizades. Isso credencia nossa obra a ser útil. Obrigada vocês duas.

A conversa continuou girando sobre outros assuntos. Depois, elas foram brincar e fazer um passeio breve. Esses breves momentos enchiam a alma delas de alegria. Era um momento de interação e descontração. Ao final do dia, elas se despedem. As próximas oportunidades prometiam ainda mais situações construtivas.

Brincando no rio

Era dia de domingo. Um grupo de famílias se reunira e fora ao rio para um dia de diversão. As pessoas pescavam, tomavam banho, escutavam música, faziam churrasco, dançavam e conversavam entre outras atividades prazerosas.

Estrela Fernandes

Vou fazer um ritual conosco. Estão preparadas?

Suas duas amigas fizeram um sinal positivo. Com um cajado, a feiticeira fez uma marca no chão onde as três colocaram os pés. Proferindo orações ininteligíveis, elas são envoltas por uma nuvem de fumaça, ficando invisíveis. Dessa forma, o sexto sentido delas é despertado fazendo com que vejam tudo ao derredor. É uma sensação estranha e reconfortante. Com esse exercício, descobrem segredos inimagináveis e fazem um mergulho astral. Estão num plano paralelo, onde tudo é possível. Seu componente espiritual chamado "krisna" é fortalecido e desenvolvido. Eles podem finalmente se desenvolver duma forma nunca antes vista.

O auto controle na wicca é essencial. Dominar sua própria janela emocional é o gatilho necessário para se tornar independente emocionalmente. Eu chamo isso de etapas ou portas. Cada uma delas, te leva a um nível muito elevado de controle do seu próprio espírito. Realmente, isso é muito importante para o controle de sua magia branca. Lembrar sempre: posso fazer tudo o que quiser, mas nem tudo é lícito.

Esse respeito para com seu semelhante, essa preocupação em não machucar, essa ética justa com sua própria crença e sua graça interior eram características da mestra Estrela Fernandes. Por isso ela era admirada por todos que a conheciam.

Com o final do ritual, elas caem ao chão, mas não se machucam. Já refeitas, retomas as conversações.

Samara

Isso foi incrível, mulher. Parecíamos que estávamos num filme ou sonho. Você é muito poderosa né?

Estrela Fernandes

Estou nesse caminho de aprendizado. Ainda não sou mestra. Mas creio que faço intervenções pessoais necessárias no mundo.

Leandra

Mais do que fantástico, é impressionante. Foram momentos angustiantes e espetaculares. Guardarei tudo isso comigo. Não se preocupe, amiga.

Estrela Fernandes

Ainda bem que vocês são compreensivas. Sabe, o mundo ainda está preparado para saber tantos segredos. É preciso inteligência para saber administrar um poder desses. Muito bom saber que posso contar com as amigas.

A festa continuou em diversos sentidos. Foi um dia realmente proveitoso. Ao final da festa, todos retornam para suas casas. Interiormente, cada um processou todas aquelas informações da forma que é mais conveniente para si. Chegaram a conclusões diferentes pois são pessoas com visões diferentes. Mas duma forma geral, tinham consciência que se divertir era bom demais.

Festa de são João

Chegara à festa de são João. Uma grande quantidade de turistas se encontrava em Serra Talhada para uma das maiores festas do interior de Pernambuco. A festa iria ter muita música, dança, movimentação e tranquilidade que é um elemento comum ao interior do estado.

Começa a festa. Estrela está em companhia das amigas e é uma jovem que realmente chama a atenção dos homens. Meiga, doce, bonita e educada são algumas das características da moça. Ela desfila no salão principal da festa bailando como um anjo. Foi aí que um rapaz se aproxima.

Richard

Oi, meu nome é Richard. Quer dançar comigo?

Estrela Fernandes

Claro que sim. Adoro cavalheiros como você. Vamos aproveitar a festa!

Richard

Então vamos lá.

O casal começa a dançar euforicamente nas pistas de dança e impressiona a todos pela desenvoltura. Depois disso, bebem e dançam ainda mais. Em certo ponto da festa, o rapaz toma a iniciativa.

Richard

Quer namorar comigo? Eu me agrado muito de você.

Estrela Fernandes

Eu amaria. Também gostei de você.

Richard

Então a partir de agora somos oficialmente namorados. Vamos aproveitar ainda mais a festa.

Estrela Fernandes

Concordo. Ninguém nos segura hoje. Vamos ser feliz.

A festa teve prosseguimento. A dupla festejou a noite toda vivendo grandes momentos. Ao final, retornaram para casa. Era uma noite que ficou para a história.

Oficialização do namoro

Foi marcado o almoço de oficialização do namoro na casa de Estrela Fernandes. Compareceram ambas as famílias que estavam numa comunhão completa.

Richard

Chegou a hora. Estou pedindo oficialmente a querida Estrela em namoro. Meu objetivo é ter momentos felizes ao lado dela. Prometo respeito, amor e união entre nós. O que me diz?

Apolo

Minha filha já é adulta. Se ela te escolheu, ela sabe o que está fazendo. Eu apoio qualquer decisão dela.

Diana

Estou feliz por você, filha. Você tem minha bênção. Que você seja feliz.

Estrela Fernandes

Obrigada aos dois. Eu me sinto bem em ter vosso apoio. Fico mais convicta do amor de vocês. Eu realmente amo o Richard. Escolhi ele para ser meu companheiro. Espero conhece-lo melhor para que possamos dar o próximo passo.

Richard

Vamos ter muitas oportunidades, meu amor. Estou ansioso para viver isso. Vamos ter cautela e paciência sempre. Vamos ser feliz e o resto não interessa.

A reunião continuou. Num dia recheado de boas comidas, bebidas, dança, músicas, conversas e entretenimento eles criam um elo de amizade. Era a união de duas famílias que se traduzia no amor verdadeiro.

Após o final dessas atividades, eles despedem-se prometendo-se encontrar em outra ocasião.

Festa de vaquejada

Era uma festa de celebração de vaqueiros em serra talhada. Compareceram as principais pessoas do meio rural e fizeram uma grande comemoração. Com a festa sendo dirigida por uma banda musical, os participantes aproveitavam o momento da melhor forma possível.

Andrade

Gostaria de ter uma dança, moça?

Estrela Fernandes

Não, querido. Eu já tenho uma companhia.

Andrade

Quer dizer que você está me rejeitando?

O homem ficou furioso e bêbado. Ainda bem que o namorado da bruxinha estava presente e protegeu a moça. Eles se afastaram para outro local para aproveitar melhor a festa. Foi uma noite regada de boas coisas o que quebrava a rotina do dia.

Termino do ensino médio

Chegara o dia de formatura. Os alunos que concluíram os estudos fizeram uma pequena cerimônia onde homenagearam os professores, a família e eles mesmos. Veja o trecho da declaração de Estrela.

"Chegamos ao final dum ciclo escolar. Quero agradecer primeiramente a Deus, meus familiares, meu companheiro e meus amigos pelo apoio de sempre. Nesse período de estudos, cresci em sabedoria, experiência e estou pronta para enfrentar o mercado de trabalho. Estou pronta para utilizar meus conhecimentos na vida real. Sei que chegou o momento de eu deixar minha adolescência e me tornar uma verdadeira adulta. Isso é um grande desafio visto que nossa região é bastante carente. Sinto-me conduzida a novos ares. Vou procurar encontrar meu caminho longe daqui. Mas eu queria dizer que amo vocês. Onde quer que eu esteja, eu estarei sempre vos abençoando. Muito obrigado a todos!

Uma multidão aplaude o discurso. Estrela cai no choro nos braços do noivo. Uma mistura de sentimentos e energias pairava em sua mente. O que aconteceria agora? Ninguém sabia ao certo, mas ela estava pronta para novas experiências. Sua vontade de viver e seu espírito de aventuras se encontrava no mais alto grau de flexibilidade possível. Era o início de uma nova história em sua vida.

No apartamento em Recife

O casal chegara em sua nova morada. A mudança tinha sido feita ao longo da semana e eles estavam organizando tudo. Mas ainda havia muita coisa para arrumar. Após um longo dia de trabalho, eles se acomodam no sofá da sala para trocar algumas ideias.

Richard

Como se sente, meu amor? Eu estou bastante cansado. Eu trabalhei intensamente nessa última semana.

Estrela Fernandes

Eu me sinto realizada e um pouco triste. Deixar para trás toda minha história, minha família e amigos não foi nada fácil. Por outro lado, encarar um grande desafio é uma das coisas que me atrai. Temos que nos posicionar diante das circunstâncias da vida. Temos que lutar pelos nossos sonhos. Eu vim batalhar por eles.

Richard

Ainda bem que eu me encaixo no seu sonho. É um prazer colaborar com seus projetos. Creio que morar aqui será melhor para nossos planos. Vou abrir meu negócio aqui para criar uma nova renda. Temos tantas situações diferentes da que vivemos que eu acho que vai ser algo altamente construtivo. Basta apenas aproveitarmos isso da melhor maneira possível.

Estrela Fernandes

Vou precisar da sua ajuda para delimitar melhor nossos planos. Vamos atuar em conjunto para o bem de nós todos. Eu estou pronta para enfrentar a vida e seus desafios. Te amo, meu amor.

Richard

Também te amo. Vamos ajudar uns aos outros. Vamos crescer e ser feliz juntos. Mas a vida exige sacrifícios. Nada nos é dado de graça. Precisamos provar para o universo de que somos dignos de suas bênçãos.

Estrela Fernandes

Todos nós somos dignos da felicidade. Cada um de nós tem felicidade e nem percebe. Felicidade é um estado de espírito. Não é necessária muita coisa para ser feliz. Podemos ser felizes na simplicidade. Podemos ser felizes sozinhos. Enfim, cada felicidade é única.

Richard

Concordo. Hoje começa a grande virada de nossa história. Vamos conquistando nossos objetivos aos poucos. Eu estarei com você no processo inteiro. Muito obrigado, meu amor.

Estrela Fernandes

Eu que agradeço você ter me acompanhado. Eu não me sinto mais sozinha com você por perto. Eu me sinto uma vencedora. Somos vencedores só pelo simples fato de continuarmos sonhando. A vida não é fácil para ninguém.

O casal se abraça e se conforta. Agora eles só podiam contar consigo mesmo. Longe da família, eles aprenderiam a sobreviver num ambiente mais rígido do que o interior. Eram novas situações, novos aprendizados, novas aventuras e desafios, o começo dum novo caminho. Enfim, eles não sabiam exatamente nada do que iria acontecer e isso dava ao episódio um sabor fantástico.

A rotina do dia continuou. Almoçaram, lavaram a casa, organizaram os móveis e a decoração, jantaram, fizeram um ritual juntos e dormiram juntos. Eles têm sonhos proféticos que os tranquilizaram mais. Havia um longo caminho a ser percorrido.

Abertura de negócio

Um supermercado foi aberto no centro do Recife. Era um comércio cheio de gêneros alimentícios, com amplo espaço e bem atendido por funcionários. O casal maravilhoso que conhecíamos participou da festa pomposa como donos oficiais do empreendimento. Além de dono, o namorado da feiticeira seria o gerente administrativo do local.

No dia da abertura, havia um grande movimento de clientes o que deixava eles ainda mais felizes. Era um momento de glória onde o gerente teria que discursar.

Chefe

Obrigado a todos clientes e amigos. Isso é a concretização dum sonho antigo meu. Que bom que vocês fazem parte desse sonho. Fiquem à vontade para comprar e usufruir do espaço. Vocês merecem muito mais do que isso. Prometo que vocês serão sempre bem atendidos. Aqui é uma casa de acolhimento para todos. Temos preços e qualidade competitivos com o melhor preço. Melhor do que isso, impossível.

Todos batem palmas e o gerente vibra. Por isso diz o ditado, quem trabalha sempre alcança. Há uma estranha verdade nisso. Quem quiser coisa fácil, nunca vence. É preciso engajamento para triunfar. Vendo esse exemplo famoso, os jovens e as crianças a serem grandes empreendedores.

A celebração durou o dia inteiro e no final todos se despedem. Com certeza, o sucesso iria persegui-los de agora em diante.

Caminhos na faculdade

Começara o ano letivo no curso de medicina, vestibular no qual a pequena bruxinha havia sido aprovado dias antes. Seu acolhimento na faculdade beirou a estranheza devido ao comportamento e vestes diferentes dela. Mas, enfim, ela teria que conviver e superar. Logo depois, chegou o momento das apresentações.

Estrela Fernandes

Eu vim do interior de Pernambuco. Vim atrás do meu sonho de me formar médica. Eu espero aprender bem o ofício para cumprir minha função pública. Espero também cumprir boas amizades aqui. Por isso, eu gostaria de ter boas relações sociais com todos. Mas, antes que perguntem, eu vou me revelar: eu sou da religião wicca, mas não me julguem por isso.

Professora

Não se preocupe, querida. Nós temos a mente aberta. Nós somos universitários e sabemos que não devemos julgar as pessoas. Você pode ficar tranquila. Você será bem tratada.

Estrela Fernandes

Muito obrigada, professora.

Alexia

Eu sou presidente do grêmio estudantil. Qualquer anormalidade, pode nos comunicar. Nós zelamos pela honestidade e boa ordem na sala de aula.

Estrela Fernandes

É bom saber disso. Pode deixar comigo. Não permitirei que ninguém me faça mal.

Começa a aula e o ambiente é tranquilo apesar de algumas piadas e brincadeiras. Eles têm um intenso estudo de medicina a ser cumprido. Era tudo que nossa querida amiga sonhava. Parece que as forças energéticas do universo coordenavam sua vida. Ela era grata por todas as bênçãos.

No parque florestal

A turma se reunira no parque florestal para um momento de descontração. Estavam a bruxinha e seu namorado lado a lado contemplando a natureza exuberante da capital.

Estrela Fernandes

Você sabia que pode ser a última vez que nos vemos? A inquisição avança cada vez mais a nossa procura.

Namorado

Eu compreendo o grande risco que corremos. Mas nunca deixamos de ser corajosos. Isso está no nosso sangue ancestral.

Estrela Fernandes

Eu estou resignada, mas com a fé acesa. Eles nunca nos destruirão. Reencarnarei em outras vidas. Eu só peço uma coisa: leve nossa filha para longe daqui enquanto é tempo. Fuja com ela. Eu agradeço muito.

Namorado

E deixaremos você para trás? Não acho justo.
Estrela Fernandes
Por favor, não me questione. Apenas obedeça. Para o bem de nós todos.
Namorado
Farei como me mandas. Sentirei sua falta. Eu te amo verdadeiramente.
Estrela Fernandes
Muito obrigada. Vou abençoar vocês de onde estiver.

O casal chora em comunhão. Ali estava uma história de amor que nem a morte poderia destruir. Amor verdadeiro é raro e eterno. Benditos aqueles que tem chance de viver o amor.

A inquisição chega em Pernambuco

A inquisição continua atuando no Brasil e usando contato locais mapeia os bruxos de Pernambuco. E então começa a caça às bruxas. Estrela Fernandes foi uma das vítimas dessa perseguição e foi condenada a fogueira. Isso é resultado dum fanatismo religioso irresponsável. Não foi isso que Jesus ensinou a seus fiéis.

A fogueira é acesa e com ela várias vidas foram destruídas. Estrela Fernandes morrera, mas deixara um legado de esperança, união e amor. Não realizara o sonho de ser médica, mas deixara um exemplo de fé e confiança. Deixara sua filha e seu esposo que iriam perpetuar sua história.

O santo que era filho de Farmacêutico

Farmácia
Civitavechia- Itália
1 de janeiro de 1745
A equipe de trabalho estava toda reunida em comemoração particular do filho do chefe.
Chefe
Estamos reunidos aqui com minha segunda família para comemorar a chegada do meu filho ao seio da minha família. É um dia de alegria e

um dia de continuidade duma geração. Deixarei meus bens e meu caráter como um exemplo. Conto com sua ajuda, minha amada Eloísa, para que possamos criar esse filho juntas.

Eloísa

Estou emocionada, meu amor. Hoje é um dia gratificante para mim. Início dum ciclo festivo. Prometo me esforçar parar ser a melhor mãe possível para nosso filho.

Representante dos empregados

Em nome de todos os empregados, parabenizamos o casal e desejamos saúde, sucesso, prosperidade e paciência para criar o filho. Não é tarefa fácil cuidar de filhos hoje em dia. Estaremos a disposição para apoiá-los no que for necessário.

Chefe

Obrigado a todos!

A festa foi iniciada. Tinha muita comida, dança, banda musical e muita alegria. Foram três dias de festas seguidas o que deixou todos muito cansados. Acontecimentos importantes tinham que ser comemorados e eles mereciam um descanso pois trabalhavam muito.

Primeiros anos

O menino Vicente Maria Strambi mostrava-se alegre, divertido e muito obediente aos pais. Devido à alta condição financeira da família, tinha muitas possibilidades à disposição: Tinha professora particular, aulas de natação, praticava esportes com os amigos, viajava bastante e também tinha seus momentos de solidão. Ele estudava bastante a bíblia o que revelou sua inclinação católica desde o início de sua infância e juventude.

Certo dia, finalmente aconteceu um momento especial em família.

Chefe

Já está tudo organizado para sua viajem, meu filho. Como percebemos seu interesse pela religião católica, eu e sua mãe decidimos enviar você para estudar no seminário. Lá, você terá a oportunidade de ter um melhor desenvolvimento psicológico, religioso e emocional.

Eloísa

Creio que seja uma boa ideia. Caso não der certo, você poderá voltar. As portas da minha casa sempre estarão abertas para você, meu filho.

Vicente

Eu dei disso, mamãe. Agradeço a vocês dois. Já estou de malas prontas e com muitas expectativas. Prometo me dedicar aos estudos. Eu ainda vou ser um grande homem.

Eloísa

Você já é nosso orgulho, filho. Vamos te dar todo o apoio necessário. Conte conosco sempre.

Vicente

Obrigado. Vejo vocês nas férias.

Depois dum longo abraço e beijo, finalmente se separaram. O motorista acompanhou o menino até o carro e passou-se poucos instantes até sumirem em definitivo. Era o começo duma nova jornada para aquele pequeno garoto.

A viagem

O início da caminhada começou monótono. Apenas o vento frio e pequenas gotículas batiam no retrovisor e respingavam dentro do carro deixando o garoto alerta. Eram muitas emoções contidas ao mesmo tempo. Dum lado, o medo do desconhecido e do outro, a ansiedade e o nervosismo que o consumia. Isso é comum a muitas pessoas em situações novas que se apresentam em nossas vidas. Não era nada fácil deixar para trás uma vida de comodidades e proteção dos pais ainda mais que Vicente era apenas uma criança.

A situação reflexiva só foi quebrada devido à queda no chão dum maço de cigarros. O menino se abaixou, pegou os cigarros e devolveu ao motorista. Ele faz uma expressão agradecida.

Motorista

Você salvou minha vida, garoto. Esse pacote de cigarros é o que me salva da depressão.

Vicente

Você sabia que cigarros é um mau hábito e isso pode ser prejudicial à sua saúde? O que aconteceu em sua vida para você recorrer ao cigarro?

Motorista

Foram muitas coisas. Não quero preocupá-los com meus problemas.

Vicente

Tranquilo. Mas eu poderia ser um bom amigo e conselheiro para você. O que te aflige?

Motorista

Eu, Lindsey e Rian formávamos uma bela família. Eu trabalhava numa metalúrgica, minha mulher era professora e meu filho ficava aos cuidados duma empregada. Éramos uma família unida, estável e feliz. Até que cometi um erro no trabalho e fui demitido. Depois disso, meu chão desabou. Eu tive que ficar cuidando do meu filho e por mais que me esforçasse não agradava minha esposa. As brigas começaram, nossa união se dissolveu e tivemos que separar. Ela e meu filho ficaram com minha casa e eu tive que mudar para um apartamento. Virei motorista autônomo para poder pagar minhas contas. Passei momentos angustiantes de solidão e isso me fez criar o hábito do cigarro. Desde então, não parei com esse vício maldito.

Vicente

Realmente é uma história triste. Mas acho que você não deve se abalar. Se sua esposa não compreendeu sua fraqueza, então ela não te amava suficientemente. Você se livrou dum relacionamento falso. Creio que a única perda foi seu filho. Mas creio que você poderá visitá-lo e assim mitigar essa saudade. Siga em frente. A vida ainda pode te proporcionar grandes alegrias. Basta você acreditar em si mesmo. Abandone o cigarro enquanto pode. Substitua isso pela prática da leitura, pelo lazer, por uma boa conversa ou por um trabalho artístico. Mantenha sua mente ocupada e seus sintomas de depressão ficarão mais frágeis. Um dia você vai dizer para si mesmo: "Estou pronto para ser feliz novamente". Nesse dia, você encontrará uma mulher fantástica e com ela se casará. Poderá ter um emprego melhor e uma nova família. Sua vida então será restaurada.

Motorista

Muito obrigado pelo conselho, amigo. Esse processo de reconstrução da minha vida parece que vai ser bem lento. Vou esperar o momento certo para ressurgir. Enquanto isso, vou seguindo com muita fé. Realmente, suas palavras me ajudaram muito.

Vicente

Não precisa agradecer. Creio que Deus inspirou minhas palavras. Vamos em frente!

Um silêncio paira entre a dupla. O carro acelera e o sol começa a surgir. Isso era um ótimo sinal. O sol vinha trazer a energia necessária para aquecer os músculos, a alma e o coração. Era um alento para almas tão atribuladas.

A viagem se seguiu e eles não vinham a hora de chegar ao destino final e descansar de seus trabalhos.

Chegada no Seminário

A dupla finalmente chega ao seminário. Descendo do carro, o menino paga a passagem, se afasta do carro e caminho a largos passos em direção a entrada imponente do prédio. Um misto de inquietação, dúvida e nervosismo o prosseguia. O que aconteceria? Que emoções o aguardavam na nova morada? Só o tempo poderia responder suas questões mais internas.

Ele já estava na sala de atendimento. Com a mala nos braços, ele começou a responder perguntas de uma das freiras.

Angélica

De onde vem? Quantos anos você tem?

Vicente

Sou natural de Civitavechia. Tenho 12 anos e venho entrar na vida religiosa.

Angélica

Muito bem. Saiba que a vida religiosa não é um caminho fácil, garoto. A estrada do mundo é bem mais convidativa e mais leve. Ser religioso é uma grande responsabilidade. Inicialmente, você deve focar nos seus estudos. Se perceber que tem vocação religiosa, então será necessária dar o próximo passo. Tudo tem sua hora certa.

Vicente

Compreendo. É dessa forma que vou agir. Pode ficar tranquila.
Angélica
Então, o que posso dizer? Seja bem-vindo, querido. O lar da esperança é um local que acolhe a todos. Esperamos de você o cumprimento das regras de comportamento. O respeito é nosso principal preceito.
Vicente
Muito obrigado. Prometo que vai ficar tudo bem.

O garoto foi conduzido a um dos quartos. Como a viagem tinha sido cansativa, ele se propôs a descansar. Ele tinha que estar completamente recuperado para começar seus trabalhos apostólicos.

Visita de Nossa Senhora

Depois do jantar, o menino recolheu-se em oração no quarto. Um silêncio inquietante preenchia a noite. Instantes depois, começa a sentir uma brisa fina. Uma mulher se aproxima de dentro duma nuvem branca e pousa no quarto. Era uma mulher morena, jovial, com faces coradas e um sorriso surpreendente.
Vicente
Quem é você?
Maria
Meu nome é Maria. Sou mediadora de todas as graças necessárias para toda a humanidade.
Vicente
O que quer de mim?
Maria
Quero usar de você para advertir a humanidade. Vivemos tempos cruéis de heresia. A humanidade se desviou de Deus e o diabo dominou o mundo com seu ódio. Há bem poucas almas boas.
Vicente
O que devo fazer?
Maria
Rezai muito. Rezai o terço todos os dias pela cura da humanidade. Precisamos unir forças para tentar resgatar a humanidade.

Vicente
O que me diz sobre meu caminho apostólico?
Maria
Você tem tudo para crescer na minha igreja. Você é um jovem estudioso, educado, com valores e com bom coração. Você é um dos escolhidos para restabelecimento da Nova Igreja, uma religião mais inclusiva contemplando todos os servos desgarrados.
Vicente
Fico feliz com uma missão tão boa. Prometo me dedicar ao máximo. Precisamos fazer a igreja evoluir e ser a porta do céu para os fiéis. Muito grato por essa oportunidade.
Maria
Não precisa agradecer. Eu preciso ir embora. Fica com Deus.
Vicente
Obrigado, minha amada mãe. Te vejo em outra oportunidade.

A mãe de Deus retornou para nuvem e num piscar de olhos desapareceu. Cansado, o menino foi dormir. Os próximos dias trariam mais novidades.

Uma aula sobre religião

Logo de manhã, após café-da-manhã, começava a aula de teologia com os estudantes.
Professor
No início, Deus Criou os céus e a terra. Gradativamente, os espaços foram preenchidos pelos seres vivos. O grande Deus é o Deus da diversidade. Então foram criados milhões de espécies diferentes, cada qual com sua função específica. Foi criado a espécie humana e lhe dada a incumbência de cuidar da terra. Tudo era muito lindo com a paz reinando em todo reino. Até que os homens primitivos se rebelaram transgredindo a lei do criador. Surgiu assim o pecado que manchou a trajetória humana. Mas nem tudo estava perdido. Foi prometido a reconciliação com Deus num tempo futuro. Vimos que Cristo cumpriu bem esse papel nos

devolvendo a santidade. Através da sua crucificação, Cristo uniu a humanidade inteira.

Vicente

Tem algumas coisas que não entendo nessa teoria. Será que o ser humano não era dualista desde sempre? Cristo morreu para nos salvar dos pecados ou foi vítima duma conspiração dos Judeus?

Professor

Na verdade, pouco sabemos sobre a origem da humanidade. Os manuscritos antigos relatam que o ser humano mantinha a santidade em sua origem e que uma transgressão da lei divina foi a causa da origem do pecado. Não há como saber qual é a verdade. É como o Cristo disse: Não é preciso viver para acreditar. Com relação à segunda pergunta, podemos afirmar que as duas hipóteses são verdadeiras. Nosso mestre foi vítima duma traição e isso serviu como um sacrifício pela humanidade. Cristo era perfeito e não merecia morrer. Sua morte foi o preço da fundação da Igreja e de nossa salvação.

Vicente

Compreendo e creio. Isso me leva a crer em suas palavras. Cristo pode ser o símbolo dessa força criativa que edifica o ser humano. Uma força solidária, compreensiva, que perdoa, que abraça bons e maus, que sempre espera uma reconciliação. Mas também é uma força de justiça, que protege os bons contra os maus. Nisso entra o conceito de lei de retorno. O mal que fizermos volta para nós com uma força maior ainda.

Professor

Exato, meu querido. Por isso é necessário policiar nossos valores. É necessário corrigir nossos erros para poder evoluir. Antes de falar, pense. Uma palavra mal colocada pode magoar bastante o nosso próximo. Essa mágoa pode gerar problemas psicológicos persistentes. Isso maltrata demais a alma do ser humano.

Vicente

Por isso meu lema sempre foi nunca magoar ninguém. Entretanto, as pessoas não tem o mesmo cuidado comigo. Elas nem se importam em causar dor e desentendimento. As pessoas são muito egoístas e materialistas.

Professor

Essa é a razão de estudarmos teologia. É compreender que Deus é uma força maior que ampara nossas fraquezas. É entender que o perdão é uma libertação de nossas culpas. É ver no sacrifício de Cristo um sinal para podermos batalhar contra os inimigos com a certeza da vitória.

Vicente

Obrigado, professor. Estou começando a gostar das aulas. Vamos em frente!

A aula durou a manhã toda e era um momento de prazer e acolhimento na fé de Cristo. Depois de terminar a aula, foram almoçar e descansar. Tudo estava bem no lar da esperança.

Conversa no seminário

Fazia dois anos que o jovem Vicente estudava. Então se aproximava o momento da conversa que ia decidir seu futuro.

Freira

Percebemos que você é um jovem muito esforçado em todos os campos. Queremos parabenizá-lo. Também gostaríamos de saber qual seu desejo para o futuro. Quer mesmo se tornar padre?

Vicente

Agradeço as palavras. Eu sou do Cristo desde que nasci. Então minha resposta é positiva. Quero me unir essa corrente do bem. Quero ganhar muitas almas para meu senhor.

Freira

Muito bem. Então vamos providenciar os ritos sagrados. De antemão, bem-vindo a turma.

Vicente

Muito obrigado. Prometo não decepcionar.

A vida se seguiu. Vicente foi ordenado padre e começou suas atividades sacerdotais. Era a concretização dum sonho antigo e sabia que isso era orgulho da família.

Entrada na congregação passionista

Vicente se dirigiu a congregação passionista com o objetivo de ter uma reunião com o fundador.

Paulo da Cruz

Quer dizer que você se interessa em entrar para nossa congregação?

Vicente

Sim. Vejo falarem muito bem do seu trabalho. Eu tenho afinidade com suas atividades. Quero dar o meu melhor e contribuir para o crescimento da equipe.

Paulo da Cruz

Fico feliz com sua decisão. Nossa empresa é aberta para todos que queiram colaborar. Seu trabalho apostólico me encanta e me faz crer que você é uma ótima aquisição. Seja bem-vindo.

Vicente

Estou lisonjeado. É mais uma realização de um sonho. Pode ter certeza que darei meu melhor possível.

Vicente foi formalmente integrado a equipe e começou a se engajar nos trabalhos sociais da congregação. Era um grande exemplo de cristão.

Percorrendo o país como Missionário
Numa aldeia do sul da Itália

Camponesa

Quer dizer que você é o enviado de Deus? Como acha que pode ajudar uma pobre camponesa desesperada?

Vicente

Eu trago comigo a paz de Deus. Através dos ensinamentos divinos, você pode superar seus problemas e se tornar uma pessoa mais realizada.

Camponesa

Muito bem. Como posso ser feliz seguindo a lei divina?

Vicente

Cumpra os mandamentos. Ame a Deus em primeiro lugar como a si mesmo, não mates, não roubes, não inveje, trabalhe pelos seus sonhos, perdoe e faça caridade. Estas são algumas coisas que você pode fazer e se tornar um ser humano melhor.

Camponesa

Às vezes me sinto triste por causa das minhas frustrações pessoais. Meu sonho era ser médica, mas a pobreza me fez tomar outros caminhos. Hoje sou diarista e lavadeira de roupas. Com o dinheiro do trabalho, sustento meus três filhos. O meu marido alcoólatra fugiu com outra mulher. Até que achei isso bom pois ele era um peso na minha vida. Ainda lembro de suas traições e isso é doloroso. Eu queria encontrar um caminho mais nítido para minha vida.

Vicente

Cuide de seus filhos. Eles são sua maior riqueza. Nossa família é nossa maior riqueza. Pela minha experiência da vida, trate bem eles. Você realizará seus sonhos através deles.

Camponesa

Verdade. Eu me esforço muito para dar a eles tudo que não tive. Sou uma boa mãe conselheira. Eu só quero o melhor para meus filhos.

Vicente

Que bom. Deus vai abençoá-la e curar suas dores. Há males que vem para ensinar. Não há vitória sem sofrimento. O fracasso nos prepara para sermos verdadeiros vencedores.

Camponesa

Glória a Deus. Obrigada por tudo, padre.

Vicente

Agradeça a Deus, minha filha. Tudo de bom para você.

A obra do pastor cristão era realmente maravilhosa. Ele encantava multidões com sua sabedoria e fé em Cristo. Um grande exemplo que o bem sempre prevalece.

Morte do Fundador da congregação

Paulo da Cruz faleceu. Foi uma terrível dor para Vicente que era muito amigo dele. Foi um dia tormentoso. Uma multidão compareceu ao velório. Entre orações e lágrimas, lamentavam a perda daquele grande homem. A morte é mesmo inexplicável. A morte tem o poder de nos tirar a presença daqueles que mais amamos.

O cortejo fúnebre saiu da casa e avançou nas ruas da cidade rumo ao cemitério. Era uma tarde ensolarada com ventos fortes que batiam nos rostos assustadoramente. Ali, terminava a trajetória dum nobre homem. Um homem dedicado à sua crença religiosa.

O cortejo para diante do buraco cavado no cemitério. É dada a palavra final para o seu principal discípulo. Nosso querido Vicente.

"Chega o momento da despedida dum grande homem. Um homem com uma trajetória magnífica frente a sua congregação. Ele realmente se empenhou em sua missão. No seu projeto, ele ajudou milhares de pessoas com seus conselhos, sua ajuda financeira e seu bom exemplo. Deixou um rastro de nobreza. Orgulhou sua família, a sociedade e seus irmãos cristãos. Era de um caráter irretocável o que nos inspirou a sermos seres humanos melhores. Vai em paz, Irmão! Que o Deus criador te dê o descanso merecido. Um dia voltaremos a nos encontrar.

Entre lágrimas e aplausos, o corpo era sepultado. Ali terminava a trajetória dum grande homem na terra. Restava desejar muita sorte para o mesmo em sua nova morada eterna.

Nomeação para o cargo de Bispo

Vicente Maria cresceu em sua missão e em santidade. Seu trabalho apostólico era admirado por todos. Como recompensa pelos seus trabalhos, sua diocese resolveu promove-lo ao cargo de bispo.

Chegou o grande dia. Numa cerimônia particular, os clérigos se reuniram em grande festa.

Antigo Bispo

Chegou o momento de me aposentar e passar o restante da minha velhice descansando. Eis que escolhemos Vicente Maria para ocupar o meu lugar. Ele é um padre altamente capacitado para o cargo. Seu projeto na congregação tem se mostrando uma ferramenta valiosa para a Igreja católica no combate às heresias e na conquista de novos fiéis. Desejo uma ótima sorte, querido. Algo a declarar?

Vicente Maria

É uma honra para mim receber tal condecoração. Prometo continuar fiel às minhas crenças e cumprir a lei da santa madre Igreja. Deus esteja comigo neste grande reinício de caminhada.

Aplausos são dados para os dois. Era um início de novo ciclo na vida de todos. Sabiam que a diocese estava em boas mãos e que a santa madre Igreja ia crescer ainda mais. Deus esteja com todos!

A invasão de Napoleão Bonaparte

Napoleão Bonaparte era um Imperador que usurpou a Igreja. Visando dominar toda congregação, soldados invadiram a diocese exigindo uma posição do bispo.

Soldado

Estamos aqui em nome de Napoleão Bonaparte. Senhor Bispo, você se submete a autoridade de Napoleão Bonaparte?

Vicente Maria

Nunca. Eu não me submeto a autoridade de homem nenhum. Sou servo apenas de Cristo.

Soldado

Pois bem! Vou leva-lo preso. Você terá muito que sofrer para aprender as respeitar as autoridades.

Vicente Maria

Se isso for da vontade de Deus, estou pronto! Podem me levar. Não tenho medo da justiça dos homens.

O bispo foi levado para a prisão. Posteriormente, foi exilado para as cidades de Novara e Milão, durante um período de sete anos.

O período de exílio

Durante os sete anos que foi exilado, Vicente sofreu os mais diversos tipos de tortura físicas e verbais o que provou sua fé. Eram tempos difíceis onde o Imperialismo era o poder maior. Relato dele na prisão:

"Senhor Deus, como sofro! Eu me vejo num caminho sem saída. Meus opressores são muitos e fortes. Eu me sinto tão sozinho. Entretanto, senhor, tu és minha força e fortaleza. Em ti creio num ressurgimento. Creio que isso é uma fase e que tua mão poderosa pode vir transformar minha vida. Confio nos meus valores e na minha fé. Tudo vai ficar bem".

Soldado

O reino de Napoleão Bonaparte caiu. Você está livre para voltar para sua diocese.

Vicente

Glória a Deus. Não sei como agradecer essa libertação. Pela primeira vez em minha vida, eu me sinto totalmente livre. Glória a Deus por isso! Minha missão poderá continuar.

Despedida da missão

Vicente Maria exerceu o cargo de bispo por mais alguns anos. Já idoso, pediu a renúncia do cargo. Livre de suas obrigações, ele continuou ajudar nas missões catequistas. Sua missão se estendeu até o final de seus dias. Sua canonização oficial ocorreu no ano de 1950.

O fim

www.ingramcontent.com/pod-product-compliance
Lightning Source LLC
LaVergne TN
LVHW020429080526
838202LV00055B/5090